KB267905

세상을 향해 외쳐라

이진혁 장편 소설

FUSION FANTASTIC STORY

세상을 향해 외쳐라! 2

이진혁 장편 소설

초판 1쇄 찍은 날 § 2013년 4월 11일
초판 1쇄 펴낸 날 § 2013년 4월 18일

지은이 § 이진혁
펴낸이 § 서경석

편집부장 § 권태완
편집책임 § 어정원
편집 § 박우진
디자인 § 이혜정

펴낸곳 § 도서출판 청어람
등록번호 § 제1081-1-89호
등록일자 § 1999. 5. 31
어람번호 § 제1-1580호

주소 § 경기도 부천시 원미구 심곡2동 163-2 서경B/D 3F (우) 420-822
전화 § 032-656-4452 팩스 § 032-656-4453
http://www.chungeoram.com
E-mail § chungeorambook@daum.net

ⓒ 이진혁, 2013

ISBN 978-89-251-3250-1 04810
ISBN 978-89-251-3248-8 (세트)

세상을 향해 외쳐라

이진혁 장편 소설

FUSION FANTASTIC STORY

2

도서출판 청어람

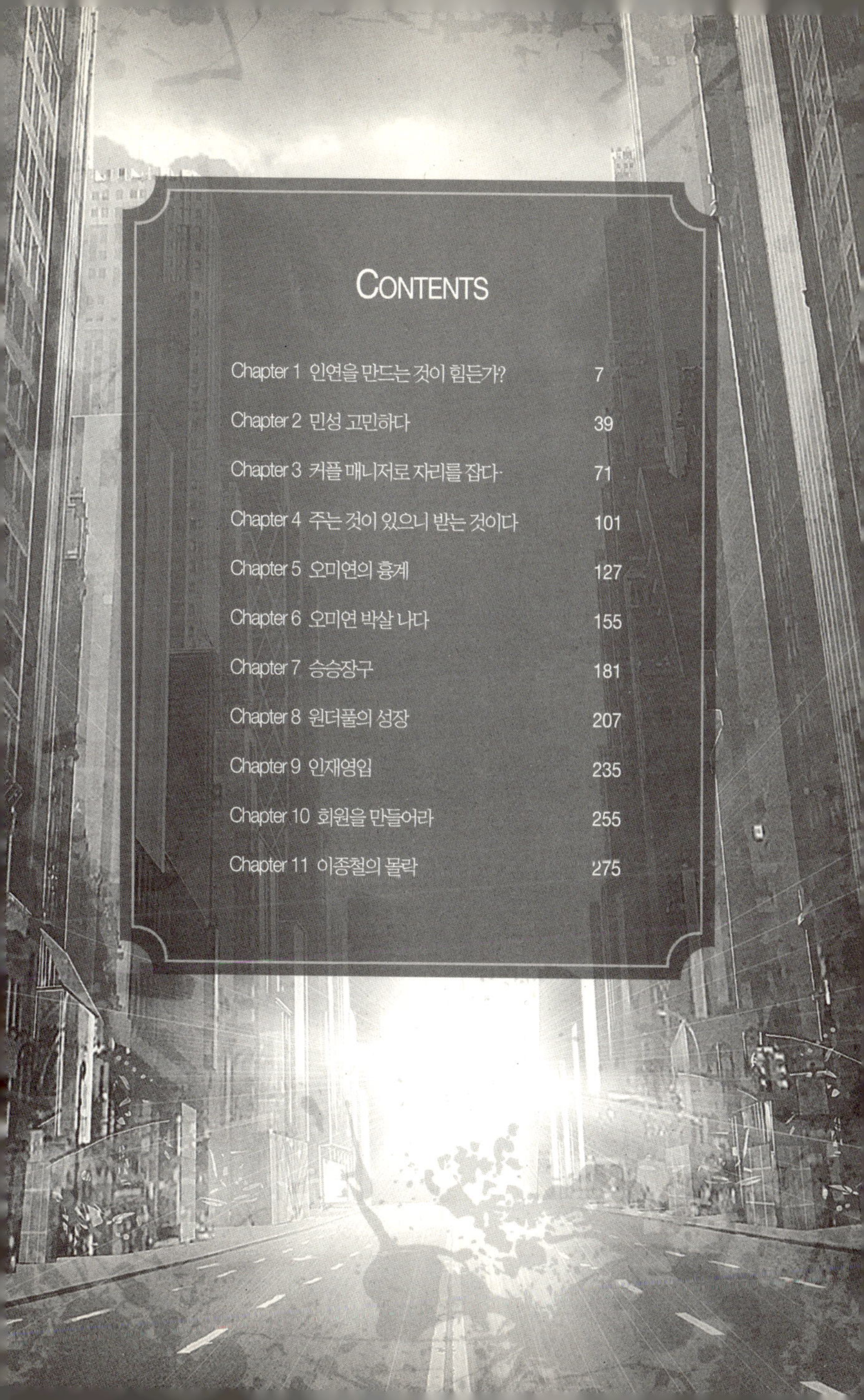

CONTENTS

Chapter 1 인연을 만드는 것이 힘든가? 7

Chapter 2 민성 고민하다 39

Chapter 3 커플 매니저로 자리를 잡다 71

Chapter 4 주는 것이 있으니 받는 것이다 101

Chapter 5 오미연의 흉계 127

Chapter 6 오미연 박살 나다 155

Chapter 7 승승장구 181

Chapter 8 원더풀의 성장 207

Chapter 9 인재영입 235

Chapter 10 회원을 만들어라 255

Chapter 11 이종철의 몰락 275

CHAPTER
01

인연을 만드는 것이 힘든가 ?

　민성은 나이트로 놀러가서 만나게 된 네 명의 아가들 중 전
소영이 소개한 그녀의 오빠 명함을 보고는 놀라 있었다.

　"소영이 오빠가 이 사람이야?"

　"예, 친오빠예요. 무슨 문제가 있나요?"

　"아니, 문제될 거야 없지. 그런데 왜 나를 소개해 주려고
하는 거야? 이 정도 스펙이면 커플 매니저를 만나지 않아도
충분히 결혼할 수 있을 텐데?"

　"호호호, 제가 소개하는 이유는요. 사실 지금 우리 오빠가
다른 곳에 이미 회원으로 가입되어 있기는 해요. 그런데 이상

하게 만나는 여자들과 잘 안 되는 모양이에요."

　민성은 소영의 이야기를 듣고는 이상하다는 생각이 들었다.

　소영의 오빠는 국내에서 제법 잘나가는 회사의 실장이다.

　아직 대기업이라고 할 수는 없지만 대기업에 준하는 수준의 재무관계가 매우 탄탄한 중견기업이다.

　그런 기업의 기획실 실장으로 있으면서 결혼을 못한다는 건 대체로 몇 가지로 나뉜다.

　결혼에 마음이 없거나 눈이 너무 높거나, 아니면 남자에게 치명적인 문제가 있거나.

　더군다나 다른 커플 매니저의 회원이자면 더더욱 잘될 만한 구석이 많은데 만날 때마다 잘 안 되었단 이야기가 나왔다.

　그렇다면 결국 남자에게 뭔가 문제가 있을 가능성이 있단 소리인데…….

　"아니, 게다가 이 정도면 굳이 중매보단 연애로 찾아나서도 행복한 결혼을 이룰 법도 한데… 왜 중매로 결혼하려는 거야? 그리고 주변에 좋은 분들의 소개로 만나도 충분할 것 같은데?"

　민성의 말대로 능력있고 인물도 제법 반반하게 생긴 남자니 당연히 주변에서도 가만히 놔뒀을 리 없다.

이 사실을 잘 알고 있지만, 그래도 물어봐야 하는 게 원칙.

민성의 의문스러운 눈빛에 소영은 웃으면서 설명을 해주었다.

"호호호, 오빠가 왜 그렇게 생각하는지 충분히 이해는 해요. 그러니 내가 왜 소개해 주려고 하는지 이야기해 줄게요."

소영은 민성에게 이야기를 시작했지만, 소영의 친구들은 익히 들어 아는 이야기라 별로 흥미를 느끼지 못하고 있었다.

민성은 그런 아가씨들의 반응을 보며 오빠에게 분명 문제가 있다는 것을 인지했다.

철우도 소영의 이야기를 들으며 뒤늦게 조금 이상함을 느꼈다.

"아니, 소영이 오빠에게 무슨 문제가 있는 건가?"

철우의 질문에 소영이 대답하는 것이 아니라 혜영이 대신 말을 해주었다.

"…말을 더듬어요."

"응?"

"태수 오빠가 평소엔 아무렇지도 않은데 여자만 만나면 말을 더듬는다고요. 그것도 그냥 더듬는 게 아니라 어버버버 더버버버……."

혜영의 말에 소영이 살며시 이마를 짚었다.

"에휴, 그러니 어떤 여자가 좋아하겠어요. 아무리 호감 있고, 돈 보고 직접거리는 여자라고 그래도 말 한마디 통하려면 몇 시간은 걸릴 것만 같은데."

혜영의 말에 민성과 철우는 금방 이해를 했다.

"그러니까, 여자 앞에만 가면 말을 더듬는다는 이야기네?"

"예, 평소에는 보면 크게 말을 더듬거나 하질 않아요. 단지 여자만 만나면 그런다는 게 문제죠. 너무 당황하는 나머지 평소엔 하지도 않는 행동들만 계속 벌어지고……. 또 일부러 그러는 건 아니래요."

"아니, 그 정도면 뭔가 문제가 있는 거 아닐까? 병원에 상담을 받아보는 건 어때? 심리 상담이나 정신과 상담이 도움될 수도 있으니 말이야."

생각 이상으로 심각하다는 것을 인지한 철우가 이렇게 물었다.

실제로 여성 공포증이나 여성 기피증으로 고생하는 사람들이 존재하기에 하는 말이었다.

그 말에 소영이 고개를 저으며 답했다.

"에휴, 당연히 가봤죠. 그런데 이건 딱히 뭔가 방법이 있는 게 아니라고 하더라고요."

아마도 병원을 찾아가 진료도 받아봤지만 특별한 성과를 올리지 못했음이 분명했다.

게다가 여자 공포증이나 기피증이 아니라 하더라도 심하

게 말을 더듬고 소심해지는 정도라면 여자가 좋아할 리 만무하다.

커플 매니저 일을 하는 사람들 사이에서도 이런 종류의 사람은 꽤 골치가 아픈 편에 속했다.

민성은 소영의 오빠를 소개를 받으면 어떻게 해야 할지를 잠시 생각에 잠겼다.

처음으로 소개를 받는 것인데 그냥 포기하기에는 자존심이 상해서였다.

'여자를 만나면 말을 더듬는 이유가 뭘까. 용기가 없어서일 수도 있지만 다른 이유가 있을 지도 모르지. 그 이유를 알아야 해결할 수 있을 텐데 말이야. 우선 소영의 오빠를 만나보고 결정하기로 하자.'

민성은 그렇게 결정을 내리곤 소영을 보았다.

"우선 소개해 주겠다고 하니 고맙고, 오빠는 내가 한 번 만나서 이야기해 보도록 할게."

"그렇게 하세요. 어차피 다른 사람들도 반쯤 포기하고 있을걸요. 근 몇 달간은 소개도 받지 못한걸요."

소영의 말처럼 다른 커플 매니저들이 그녀의 오빠에게 시도하지 않은 건 아니었을 터다.

하지만 그들의 지속적인 노력에도 불구하고 성과가 없으니 아마 해당 결혼업체에선 그를 블랙리스트에 올리고 체념

한 상태일 수도 있다.

최근 몇 달에 접어들어서 제대로 소개조차 받지 못하고 있다는 말은 아마 이런 부분에 대한 의미이리라.

게다가 소영에게 오빠는 왠만한 남자들보다 훨씬 나은 사람이었고, 실제로 자신에게 대하는 다정한 모습이 장점이라 생각하고 있었다.

하지만 그런 모습과는 다르게 다른 여자를 만날 때 자신의 장점을 드러내지 못해 매번 차이기만 하는 게 안타까운 것이다.

그렇다 보니 커플 매니저라는 민성의 이야기에 대뜸 그를 소개한 것도 이런 이유에서리라.

게다가 소영 스스로 제법 자존심이 있는데, 다른 여자들과 만난 뒤 고개 숙인 채 돌아오는 오빠를 보는 것도 매우 속이 상하는 일이니 말이다.

"날짜는 소영이가 잡아서 나에게 연락을 해줘."

민성은 그렇게 말하며 자신의 명함을 소영에게 주었다.

민성이 명함을 꺼내자 현아는 자신도 달라며 손을 내밀었다.

"오빠, 저도 줘요."

"응? 너도?"

"저뿐인가요? 저 말고도 다른 친구들에게도 주세요. 그래야 좋은 남자나 여자가 생기면 연락을 주죠. 호호.”

소영의 오빠만 두고 보더라도 이 네 사람이 나름의 배경을 가지고 있다는 생각이 민성의 머리를 스쳤다.

그래서 민성은 자신의 명함을 네 사람 모두에게 돌렸다.

그리고 그 과정에서 각자의 연락처를 교환하는 것 또한 잊지 않았다.

철우는 민성이 명함을 돌리는 것을 보고는 자신 또한 명함을 혜영에게 주었다.

“여기 내 명함이야, 혜영아.”

“어머, 오빠 고마워요.”

혜영은 민성에게 마음이 끌리기는 했다.

하지만 자신의 친구들도 민성에게 관심을 가지고 있다는 사실에 조금 망설이고 있는데 자신에게만 명함을 내미는 철우가 달리 보였다.

철우도 혜영이 아까와는 나른 분위기의 눈빛으로 자신을 보자 속으로 너무도 기뻤다.

‘앗싸! 나도 잘하면 작업에 성공하겠다.’

철우의 이런 마음을 모르는 혜영은 자신의 작은 표현에도 기뻐하는 그를 보며 자신만 봐주는 남자를 만나는 것이 좋다는 이야기를 문득 떠올렸다.

‘나만 바라봐주는 남자와 사는 게 여자에겐 정말 행복한

일이라던데…….'

무심코 떠올린 이 생각에 혜영의 머릿속에는 어느덧 민성보다 철우가 신경 쓰이기 시작했다.

민성을 보고 있는 친구들을 보니 솔직히 자신이 끼어든다 해도 선택받을 자신이 없었다.

그렇다면 차라리 처음부터 자신을 바라보는 철우를 조금씩 알아가는 게 어떨까 싶은 혜영이었다.

그렇게 두 사람의 눈빛이 묘하게 변하는 것을 민성은 모르는 척하고 있지만 사실 철우가 명함을 내민 순간 이미 눈치채고 있었다.

여자들의 관심이 자신에게 모조리 쏠리는 상황에 친구에게 미안하던 민성이기에 이런 변화를 반가워했다.

서로를 바라보는 혜영과 철우의 눈빛에 민성은 슬며시 속으로 미소를 지었다.

'그래, 여자는 자신을 챙겨주는 남자를 만나 사는 게 가장 좋고 행복하지. 철우가 저리 보여도 한 여자에게 꽂히면 푹 빠져드는 놈입니다, 혜영 씨. 잘됐으면 좋겠네.'

민성은 그렇게 생각을 하며 둘이 잘되기를 진심으로 바랐다.

이후 그들은 서로 술잔을 주고받으며 대화로 꽤 긴 시간을 보냈다.

　나름의 나이 차이가 있음에도 불구하고 서로 이야기의 화제가 잘 맞은 덕분이기도 했다.

　그렇게 즐거운 시간을 보내던 와중 현아가 문득 시계를 보았을 때 어느덧 서로 헤어져야 할 시간이 되었음을 깨달았다.

　“어머, 시간이 벌써 이렇게……. 오빠, 우리는 집에 가야 할 거 같아요. 다음에 만나요.”

　“조금 아쉽긴 하지만 그렇게 하자. 나도 내일부터 또 출근해야 하니 슬슬 돌아가야지. 조금이라도 더 자야 업무에 지장이 없으니 말이야.”

　“그래, 우리도 그만 집에 가자. 얘들아.”

　현아는 그렇게 말하며 자신의 핸드백을 들고 자리에서 일어섰다.

　그런 면에서는 현아가 가장 행동이 빨랐다.

　활달하고 즐길 줄 아는 성격만큼이나 헤어져야 하는 때를 잘 알고 있다는 뜻이다.

　마음에 들고 끌린다고 해서 쉽게 몸을 나누는 성격도 아니고, 은근히 자신과 주변 사람들을 챙길 줄 아는 강단이 있다는 의미기도 했다.

　어쨌거나 현아의 말에 다른 친구들도 모두 아쉬워하며 자리에서 일어났다.

그런 네 여자를 따라 민성과 철우도 자리에서 일어났다.

그리고 계산을 하려 지갑을 꺼내려는 민성의 곁으로 다가선 철우가 옆구리를 툭툭 건드리곤 혜영을 슬쩍 눈짓으로 보였다.

그 눈빛에는 한 가지 의미가 담겨 있었다.

―여긴 내가 쏠게. 나도 혜영이한테 잘 좀 보이자.

민성은 살짝 입가에 미소를 담은 채 뒤로 한 걸음 물러났다.

"자자, 여기는 내가 계산할 테니까 다들 나가자.

그 때에 맞추어 철우가 당당한 멘트와 함께 앞으로 나선 것은 물론이다.

능력이 없는 남자가 아니라는 것을 보여 주기 위해서 말이다.

그렇게 민성과 여자들은 즐거운 만남을 가졌고 좋은 이미지로 서로 헤어졌다.

*　　　*　　　*

취기를 털어내며 돌아오는 길, 철우는 민성에게 자신의 생각을 이야기했다.

"민성아, 있잖아."

“어.”

“나 혜영이가 정말 마음에 들더라. 정말 이렇게 빠진 게 오랜만인 거 같긴 한데……. 험험, 너는 누가 마음에 드냐?”

철우가 슬쩍 얼굴을 붉히며 이렇게 묻자 민성이 씨익 웃었다.

“글쎄……? 아직 딱히 누구라고 정한 건 없는데, 굳이 따지자면 현아가 나쁘지 않은 것 같아.”

“야, 자식 너, 오늘 보니 인기가 장난 아니더라.”

“인기는 개뿔. 너야말로 혜영이랑 잘되는 것 같던데 아니야?”

민성은 철우가 혜영과 좋은 인연이 되기를 바라고 있었다.

“아직 거기까진 잘 모르겠다. 나도 명함을 주기는 했지만 혜영이는 전화번호도 주지 않았잖아.”

철우는 혜영에게 명함을 주면서 솔직히 그녀가 자신에게 전화번호라도 주기를 간절히 바랐지만 돌아온 것은 나중에 연락하겠다는 이야기뿐이었다.

그렇다 보니 호감이 있던 철우로서는 아쉬움과 일말의 실망이 따를 수밖에 없었다.

“자식, 그래도 내가 보기에는 혜영이가 아주 마음이 없는 것 같지는 않던데?”

“정말 그렇게 보였어?”

"그래, 하지만 혜영이가 아직 완전하게 너에게 빠진 것 같진 않더라. 조금만 더 힘내봐."

민성의 말에 철우는 바로 얼굴이 밝아졌다.

그런 철우를 보며 민성은 속으로 웃었다.

'너도 참 단순한 녀석이라니까. 하하. 그게 매력이지만 말이야.'

이후 철우와 헤어진 민성은 얼마 지나지 않아 집에 다다랐다.

집 안으로 들어서자마자 민성은 내일 있을 출근을 위해 바로 침대 위에 누웠다.

어두운 방 안에서 눈을 감은 채 있었지만, 이상하리만큼 잠보다 여러 가지 잡생각이 머릿속을 떠나지 않았다.

방금 전까지 만났던 철우와의 시간과 현아와 만나 나누었던 잠시간의 평안이 떠올랐지만 그것을 지우며 머릿속을 메우는 것은 결국 다시 자신의 복수와 원한의 상처였다.

그리고 떠오른 것은 섭혼술에 대한 고민…….

섭혼술을 익혔으니 이제 이것을 이용하여 어떻게 해야 할지가 그 활용을 궁리할 필요가 있었다.

"섭혼술이라……."

사람을 자신의 충복으로 만들 수 있는 이 매력적인 능력은 정해진 한계가 확실하지만 그만큼 큰 복수의 단추가 될 수 있는 능력인 것은 분명했다.

김호철, 그를 자신이 당한 시간과 원한 이상으로 망가뜨려야 한다.

한국 그룹 회장을 몰래 찾아가 그에게 사용하여 파멸시킬까?

그렇게 하기엔 박살 내는 의미가 없어 보였다.

"…놈은 완전히 밑바닥까지 몰락해 줘야 해. 그래야 내 복수는 의미를 찾는다. 섭혼술을 어찌 써야 하나……. 섭혼술… 섭혼술……."

섭혼술을 이용할 방도에 대하여 궁리하던 민성은 자신의 가슴 안에서 계속하여 김호철에 대한 복수심이 솟구쳐 오르는 것을 느꼈다.

김호철 자신에게 섭혼술을 걸어볼까?

문득 이런 생각이 들었지만, 그런 단순한 방법으로는 아무리 생각해도 원한이 채워지지 않을 것 같았다.

그렇기에 커플 매니저가 된 것이 아닌가.

민성이 커플 매니저가 된 것은 상위 1%에 속하는 젊은 남녀를 바탕으로 하여 인맥을 쌓고 그들의 부모를 자신의 편으로 끌어들이기 위한 접촉 수단으로 정했기 때문이다.

김호철과 한국 그룹을 이기려면 누구보다 많은 인맥을 만들어야 하고 아무 가진 것도 없는 지금 상황에서 그들과 접촉할 수 있는 방법 중 하나는 결국 그들의 자식에게 접근하는 것일 터.

그리고 그들 중 활용도가 가장 높을 만한 사람들에게 섭혼술을 걸 생각이다.

"그렇다곤 해도 기준이 필요해. 사람의 정신을 조종하는 일이다. 최대한 좋은 사람에게는 사용하지 않고 싶어. 하오문주처럼 말이야. 하지만 인간이 글러먹었다면 충분히 활용해 준다 해도 죄책감은 덜하겠지."

민성은 이처럼 자신이 배운 섭혼술을 이용하는 것에 나름 자신만의 정의를 세우고 있었다.

일반적인 사람들에게는 사용할 생각도 없지만, 자신의 힘을 위해서 섭혼술을 함부로 사용하고 싶지는 않았다.

복수심을 위해 이용하기는 할 것이다.

그렇다고 아무런 연관도 없는 사람을 이용하고 싶지는 않다.

능력과 힘이 있지만 남에게 해를 입히는 사람, 그리고 자신의 기준에서 보았을 때 있어 봐야 도움이 되지 않는 그런 사람이라면 섭혼술을 사용해도 상관이 없다고 생각했다.

그리고 그들이 한국 그룹과 김호철에게 타격을 입힐 수 있는 수준의 대상이라면 더더욱!

“그래, 앞으로 섭혼술을 사용해야 하는 사람은 기준은 이렇게가 좋겠어. 내가 섭혼술을 사용할 수 있는 횟수도 많은 게 아니니 말이야.”

처음 민성이 발견한 상자 안에 있던 마정석은 그렇게 많은 개수가 아니었다.

약 십여 개의 마정석이 있었고, 섭혼술을 사용하려면 마정석 하나를 그대로 전부 사용해야만 한다.

그렇기에 섭혼술의 제한은 생각 이상으로 컸다.

십여 명이란 숫자가 많다고 하면 많을 수도 있지만 그렇지 않을 수도 있기 때문이었다.

물론 잘만 이용하면 세계를 움직일 거대한 힘이 될 것이다.

그러나 거리가 멀 경우 섭혼술의 부작용은 만만치 않을 것이기에 곤란하다.

섭혼술에 걸리게 되면 주인의 충실한 종복이 되는 것은 분명한 사실이다.

그러나 문제는 그 주인과 오랜 시간 만나지 않으면 그 효력이 점점 약해서 다시 정상인으로 돌아가게 되고, 그 사람에게는 두 번 다시 섭혼술이 걸리지 않게 된다는 단점도 존재했다.

이지가 살아 있는 상태로 섭혼술이 이루어지는 만큼 이런 문제가 발생하는 것이다.

그리고 그 시간이 보통은 삼 개월에서 육 개월 정도의 시간
이라고 비급에는 적혀 있었다.

섭혼술은 정신적인 무공이기 때문에 별다른 방법은 없었다.

민성이 가지고 있는 마정석이 일반적인 마기보다는 강하
기 때문에 그 정도였지, 마공을 익혀서 가지고 있는 마기였다
면 아마도 일주일 정도의 시간밖에는 되지 않았을 것이다.

다시 말해 섭혼술을 펼치는 것이 중요한 게 아니라 지속적
으로 관리할 수 있어야 한다는 게 더 문제란 뜻이다.

민성도 이 점이 가장 걱정되어 자신만의 기준으로 섭혼술
의 대상을 정하여 펼치려는 것이다.

이즈음까지 머릿속 생각을 정리했을 때 민성은 차츰 밀려
오는 단잠에 몸을 맡길 수 있게 되었다.

그렇게 또 하루의 민성의 밤이 지나갔다.

다음 날, 에이스에 출근한 민성은 아침부터 실장의 호출을
받았다.

"정민성 씨, 실장님이 부르세요."

"알았어요."

민성은 실장의 방에 가서 노크를 했다.

똑똑.

"들어와요."

문을 열고 안으로 들어가니 안에는 실장이 여성분과 대화를 나누고 있었다.

민성이 들어온 것을 보고 실장은 아주 반가운 얼굴로 반겨주었다.

"어서 오세요, 정민성 씨. 이리 앉으세요."

실장은 분명히 철우의 선배였지만 민성에게는 반말을 사용하지 않았다.

"예, 실장님."

민성은 실장이 권하는 대로 자리에 앉았다.

민성이 앉자 실장은 바로 이야기를 시작했다.

"이번 중국에 가서 많은 분들을 만나셨다고 들었습니다. 놀라울 만큼 아주 좋은 실적이었어요."

"감사합니다, 실장님."

"다름이 아니라 여기 오미연 씨가 한번 만나고 싶다고 해서 이렇게 자리를 마련하게 되었습니다."

실장이 자신과 함께 방 안에 있던 여자의 이름을 소개하자 민성은 그제야 상대를 보았다.

그러자 여자가 고개를 가볍게 숙이며 인사를 해왔다.

"안녕하세요. 오미연이라고 해요. 제가 이렇게 만나려고 하는 이유가 궁금하시지요?"

"예, 처음 뵙겠습니다. 저는 알지도 못하는 분이라 더욱 궁금하군요."

"사실은 민성 씨가 가지고 오신 중국분의 인적 사항 때문에 그래요. 그 안에 있는 분 중 한 분은 이미 저희가 조사했던 분인데 이상하게 내용이 다르더군요."

"그래요? 그래서요?"

민성은 한 사람의 인적사항이 다르다고 해서 자신을 보자고 할 이유가 아니라는 생각이 들었다.

결국 오미연이라는 여자는 다른 이유를 위해 자신을 만나려 한 것이 분명한 듯한데, 그 의도를 아직 알지 못했다.

그리고 자신의 맞은편에 앉아 있는 오미연이란 여자는 외모에서부터 이미 상당히 자신감이 차 있었고, 묘한 오만함이 묻어나는 인물이었다.

조금은 날카로워 보이는 안경 하나를 쓴 채 매우 짧고 타이트한 미니스커트와 가슴골이 꽤 많이 파인 정장 차림으로 민성의 앞에 앉아 있는 오미연은 자신을 무심히 바라보는 민성의 눈빛에 안경을 고쳐 썼다.

자신의 외모를 보고도 흔들리지 않는 남자가 드물다 생각하는 탓이기도 했고, 조금이라도 민성의 빈틈을 노리기 위해서기도 했다..

무엇보다 개인적으로 민성의 이번 성과에 자존심이 상해 무심하게 자신을 바라보는 그 두 눈이 마음에 들지 않았다.

"다른 문제는 아니에요. 아까 말씀드렸던 고객은 제가 그 동안 여러 차례에 걸쳐 연락하고 만나려고 했지만 성사되지 못한 회원님이셨다고요."

여기까지 말한 미연은 자신의 앞에 놓인 서류를 끌고 와 자신의 매우 짧은 미니스커트 바로 위에 놓았다.

그리곤 다리를 꼬려 살며시 들었다 내리며 서류 한 장 한 장 살피다가 다시 테이블 위에 놓곤 말을 이었다.

"그랬던 분인데 민성 씨는 단번에 조사를 끝내고 오셨더군요. 그렇다 보니 민성 씨가 누군지 상당히 궁금하기도 하고 보고 싶었습니다. 그래서 이렇게 만나려고 실장님에게 부탁드리기도 했고요."

민성은 도대체 이 여자가 지금 무슨 소리를 하는지 이해가 가지 않았다.

자신은 분명 회사에서 제공하는 서류와 정보를 토대로 개인 자금을 사용해서 회원 조사를 서쳤고, 그 정보를 정리하여 회사로 보낸 것이다.

그간 그녀가 그 고객에 대해 어떤 식으로 무엇을 했는지가 왜 자신을 부를 이유가 되는지 납득이 가지 않았다.

만나고 싶어 하는 이유라기엔 터무니없었다.

"전 말을 돌려 하는 사람과 대화하는 게 익숙지 않습니다. 하고 싶은 이야기가 있으면 바로 해주시기 바랍니다. 저도 바뻔 사람입니다. 뭘 원하시는 겁니까."

오미연은 가볍게 미간을 찌푸리며 정색하며 말하는 민성을 실눈으로 바라보았다.

상당히 자존심이 상해 버린 탓이었다.

사실 오미연이 민성을 만나려 한 이유는 중국에 있는 고객들의 인적사항을 알아낸 방법을 알기 위해서였다.

국내에 한정해서지만 나름의 인맥과 노하우가 형성되어 있는 오미연의 입장에서 중국은 아직 미개척지다.

그런 중국에서 상당수 고객의 조사를 마치고 돌아온 민성은 한마디로 말해 중국에 상당한 인맥과 노하우를 보유한 게 틀림없다.

그래서 미인계를 활용할 수 있으리라고 생각하여 은근슬쩍 다리로 시선을 끌어보았지만, 상대는 요지부동.

민성이 그토록 자신에게 전혀 관심없는 듯 행동하니 더욱 기분이 상해 버릴 수밖에.

그렇다고 자존심 때문에 일을 망치지 않는 오미연이었다.

'나는 프로다. 자존심과 돈은 다른 문제이다.'

이렇게 생각하면서 마음을 진정시키고 입을 열었다.

"저는 중국에 상당한 인맥을 가지고 계시는 민성 씨에게 도움을 조금 받았으면 해서 만나자고 한 거예요."

"도움이라면 무엇을 말입니까?"

민성은 대충 어찌된 영문인지 눈치챘지만 그래도 명확하게 알기 위해 내색하지 않은 채 질문했다.

"솔직하게 이야기하도록 하지요. 전 중국 진출을 목표로 하고 있습니다. 하지만 이를 위한 중국 내 토대가 없는 상황이지요. 민성 씨가 이번에 올린 실적을 보면, 이건 아무리 봐도 중국 내 탄탄한 인맥을 갖춘 채 자료 조사를 이끌었다고밖에 보이지 않습니다. 그래서 민성 씨의 도움을 받고 싶습니다."

"그러니까, 중국 내 인맥을 이용할 수 있게 해달라는 이야기입니까?"

"예, 그래요."

오미연은 당당하게 도움을 달라고 하였다.

하지만 이는 오미연이 민성에 대해 파악하지 못했기 때문에 하는 소리였다.

민성은 남에게 자신의 밥그릇을 그대로 헌납하는 바보가 아니었다.

"제가 왜 그런 짓을 해야 합니까. 저도 힘들게 고생해서 얻은 것인데 그런 자신만의 노하우를 그냥 달라고 하는 게 말이나 된다고 생각하십니까?"

민성의 말에 실장과 오미연은 놀라고 말았다.

일반적인 신입이라면 상관의 말에 보통 따라주게 마련인

데, 민성은 전혀 그렇지 않았다.

오미연이 딱히 민성의 상관인 것은 아니었지만 어찌 되었든 선배이기는 했다.

하지만 민성의 반응은 이들이 생각하는 것과는 달랐다.

오미연은 쉽게 생각하다가 갑자기 당한 일이라 그런지 바로 대답하지 못하고 멍한 얼굴을 하고 있었다.

그런 미연을 지원한 것은 다름 아닌 실장이었다.

"민성 씨, 그러지 말고 오미연 씨에게 도움을 주세요. 중국 진출은 우리 회사에서도 중요한 일입니다."

에이스에서는 사실 중국 진출을 위해 많은 노력을 들이는 와중이었다.

한국에는 현재 너무나도 많은 결혼정보회사가 경쟁하는 상황이다.

사실상 그 규모와 사업의 진행을 두고 본다면 포화상태라고 해도 과언이 아닌데다가 일부 회사를 제외하면 살아남기 힘든 상황이라 할 수 있었다.

그렇다 보니 에이스는 눈을 해외로 돌렸다.

국내만으로 어렵다면 해외 교민이나 외국인들 중 결혼매칭을 원하는 이들의 마음에 들 만한 이들을 조사하고 모집하여 발전을 꾀한 것이다.

그런 상황에서 신입에 불과한 민성에게 큰 기대 없이 중국

인원의 리스트를 병행하여 맡겼는데 놀라운 결과를 가져왔
다.

　회사의 입장에선 민성이 보여준 그 능력과 인적 파워는 관
심을 가지지 않을 수 없는 것이었다.

　"실장님, 제가 에이스를 다니고 있지만 여기는 개인의 능
력을 중요시하는 회사라고 알고 왔습니다. 그런 저에게 오미
연 씨를 아무 조건 없이 도와주라는 건 아니라고 생각합니다.
그러니 거절하겠습니다."

　민성은 냉정하게 대답했다.

　특히 오미연이라는 여자가 오늘 처음 본 상황인데 보여준
고압적인 태도나 도움을 달라고 요청하는 것 하나하나가 마
음에 들지 않았고 말이다.

　민성의 말에 오미연은 화가 난 얼굴로 민성을 노려보았다.

　'아니, 뭐 저런 새끼가 다 있어? 실장님까지 부탁하고 나섰
는데 거절이라니. 세다가 나 정도 미모의 여자가 도와달라고
하면 영광이라 생각하고 바로 도움을 줘야지, 감히 저런 소리
나 하는 거야?

　오미연은 아직 공주병 환자마냥 이렇게 생각하며 화를 냈
다.

　"이거 봐요, 정민성 씨. 우리 에이스가 아무리 개인 능력
위주로 월급을 주기는 하지만 회사 입장을 생각해야죠. 신입

사원인 당신에게 삼 개월 동안 성과 따지지 않고 월급을 주는 이유가 뭐라고 생각하는 거죠? 그러니 회사에 도움이 될 생각을 해야지, 안 그러냐고요. 고작 신입 주제에 반항합니까?"

"삼 개월 월급이라고 했나요? 그게 월급입니까? 정상적으로 주는 월급도 아니고 겨우 고작 기본급입니다. 게다가 중국으로 가는 경비를 회사에서 일절 받은 바 없습니다. 그것도 제 개인 비용으로 다녀온 겁니다. 아시겠습니까? 회사에 아무런 지원도 받지 않은 채 얻어낸 성과인데, 회사에서 이를 요구할 권리는 없다고 봅니다. 할 일을 해준 것만으로 충분할 텐데요."

민성은 이번 중국행에 들어간 비용을 모두 사비로 처리했기에 내세운 말이었다.

실제로 에이스 회사는 민성에게 단 한 푼의 경비도 주지 않았다.

이는 이들의 운영하는 방식 때문이었는데 바로 기본적인 도움만 주고 나머지는 알아서 자생하라는 뜻이었다.

커플이 이어지면 거기에 받는 금액을 7:3으로 나누어서 회사가 삼을, 매니저가 칠을 가져가는 방식이었다.

그렇다 보니 업무를 위한 준비가 필요한 처음 삼 개월만 기본급을 지불하고 실적이 없으면 회사를 그만둘 수밖에 없는 구조였다.

어쨌거나 민성의 말이 틀린 것은 아니었지만, 그 반발에 오미연은 정말 짜증이 났다.

"기본급은 월급이 아니라는 말인가요? 그리고 회사에 들어왔으면 회사의 방침에 따라야 하는 것이 아닌가요?"

"제가 알고 있는 방침은 도움을 주는 것이 아니라 알아서 자생하라는 말만 들었습니다."

민성도 지지 않고 자신이 교육받은 그대로 다시 반박했다.

오미연 또한 에이스에서 교육을 받고, 활동하고 있는 매니저기에 민성이 하는 말의 의미와 방침을 잘 알고 있었다.

그렇다 보니 더 이상 어떤 말로 나서야 할지 순간 떠오르지 않았다.

오미연은 그제야 멍하니 실장을 바라보았다.

마치 당신이 알아서 정보를 받으라는 말 같았다.

실장도 민성이 이렇게 반발할 것이라고는 생각지 못했는지 난감한 표정이 되었다.

그래도 한 가지 방법은 남았기에 우선 더 이상 다투는 것을 막아야했다.

"두 사람은 그만하고 민성 씨는 남고 오미연 씨는 그만 나가보세요."

"알았어요. 흥!"

오미연은 민성을 째려보고는 콧바람을 날리며 나가 버렸다.

민성은 그런 오미연을 보며 정말 재수없는 여자란 생각이 들었다.

'뭐 저런 년이 다 있냐? 재수없게 공짜나 바라고 말이야.'

민성이 오미연에게 받은 인상은 외모를 팔아서 먹고사는 여자라는 느낌만 들었을 정도로 최악이었다.

민성이 혼자 남자 실장은 민성을 보며 차분하게 말했다.

"민성 씨, 우리 에이스에서는 서로의 정보를 어느 정도 공유한다는 사실을 아시죠?"

실장의 말대로 약간의 정보는 서로 공유하고 있었다.

그래서 자신도 회사에 실적과 고객의 데이터베이스를 조사해서 넘긴 것이고 말이다.

"예, 알고 있습니다. 그래서 저도 제가 알아온 정보는 공유하기 위해 회사에 보고하지 않았습니까?"

"예, 잘 알고 있습니다. 그래서 민성 씨에게 부탁하려는 겁니다. 사실 국내에는 이미 결혼 회사가 너무 많아 거의 포화 상태라 할 수 있습니다. 여기까진 확실히 느끼시죠?"

"물론입니다."

"그래서 우리 에이스는 중국과 일본으로 눈을 돌렸습니다. 중국과 일본에 존재하는 재외교포와 한국인과의 결혼을 원하는 일정 이상의 수준을 보유한 회원을 확보하려고 하는 것이죠. 하지만 중국 내 회원들의 인적 사항을 알아내는 일은 생각 이상으로 어려움에 봉착해 있었습니다. 그런 상황에서 민성 씨는 그중 상당한 인원을 해결하고 돌아오셨고요. 그러면 에이스에선 어떻게 판단하겠습니까?"

민성이 실장의 이야기를 듣고 보니 충분히 이해가 가는 내용이었다.

하지만 그렇다고 자신이 고생하여 얻어온 노하우와 인맥을 이들에게 쉽게 제공하고 싶은 마음은 없었다.

사실 자신이 이번에 얻어낸 결과물을 두고 보면 중국 내에 조사한 인원의 수가 결코 만만치 않은 수준이다.

에이스와 이를 공유하지 않고 자신이 창업을 한다 치면 규모가 작기는 해도 어느 정도 탄력있는 회사를 만들 수 있을 만한 수준이다.

또한 중국에 회사를 두고 한국 내 결혼 정보업체들과 교류히며 수수료만 받더라노 상당한 이득이 될 것은 자명해 보였다.

굳이 그게 아니더라도 자신이 중국과 한국을 오가며 활동한다면 에이스 입장에서도 돈이 될 것은 당연하다.

더군다나 에이스에서 내세운 정책은 엄연히 삼 개월이 지나고 나면 자신만의 루트를 파며 매니지먼트를 해야만 살아남지 않던가.

그런 사람에게 신입이라는 이유로 얻어낸 정보와 인맥을 공유하라니.

강탈이라는 단어가 머릿속에 맴돌 수밖에 없었다.

"실장님, 우리 솔직하게 이야기해 보지요. 저는 여기 회사에 고정으로 월급을 받고 일하는 직원이 아닙니다. 지금이야 신입이니 삼 개월은 기본급을 받기로 되어 있지만, 삼 개월이 지나면 사실상 프리랜서가 됩니다. 결국 제가 가지고 있는 인맥과 정보는 모두 저에게는 돈이 된다는 이야기입니다. 그런 인맥을 남에게 주라는 것이 말이 된다고 생각하십니까?"

"……"

실장은 민성의 말에 아무런 말도 할 수 없었다.

지금까지의 상황을 보면 민성이 아직 신입이라는 이유로 말로 구슬려 그 인맥을 회사가 이용하려 한 것밖에 되지 않는다.

자신이 본 민성의 신상 정보에는 한국 그룹에서 6개월 간 직장 생활을 한 걸 제외하면 사회경험이 적을 수밖에 없는 수준이었다.

그렇다 보니 만만하게 봤던 것이 사실인데 지금 보이는 태도는 노련함이 있었기에 정보를 얻기 쉽지 않으리란 걸 깨달았다.

"휴우, 민성 씨 말처럼 삼 개월이 지나면 프리랜서로 봐야 하는 게 맞습니다. 하지만 프리랜서라고 해서 여기 회사의 직원이 아니라는 것은 아실 겁니다. 어차피 프리랜서의 개념에 가깝다곤 하지만 에이스라는 이름을 사용하는 것이니 중국으로 에이스가 진출할 수 있게 도와주셨으면 합니다.”

여기까지 말한 실장은 살며시 고개를 숙이며 간절히 부탁했다.

이쯤 되고 나니 민성도 더 이상은 딱 잘라 거절하지 못하게 됐다.

“실장님의 이야기는 알겠습니다. 하지만 저도 생각을 좀 해보고 결정하도록 하겠습니다.”

“휴우, 알겠습니다. 좋은 결과가 나오기를 기대하고 있겠습니다.”

실장은 그렇게 이야기를 마치고 이야기를 끝냈다.

CHAPTER
02

민성 고민하다

　민성이 나가고 약간의 시간이 지나자 실장은 철우를 불렀다.

　민성의 친구인 철우의 부탁은 자신이 하는 것과는 다르기 때문이었다.

　"철우야, 민성이 가진 중국 인맥과 노하우를 회사에 공유할 수 있게 좀 해줬으면 한다."

　"중국의 무슨 인맥이요? 민성이 녀석 이번에 처음 중국 간 건데요."

　철우는 민성과 어린 시절부터 같이 다녔기에 중국으로 가는 것은 이번이 처음이라는 것을 잘 알고 있었다.

실장은 철우의 말을 듣고 이해가 가지 않는다는 표정을 지었다.

"…뭐? 아니, 정말 이번에 중국에 간 게 처음이야?"

"예, 저하고 어린 시절부터 같이 커온 친구인데 그런 사실도 모르겠어요?"

"허어, 그런데 어떻게 단번에 이런 정보를 얻어온 건데? 게다가 녀석을 지목하고 신청해온 고객들도 그렇고."

"아아, 그거요? 그 왜 이번에 중국에 있는 고객 중에 장길상이라는 분 계시죠? 그분 조사 갔다가 어려운 일을 좀 해결해 드렸다더라고요. 그 부산물이래요."

철우는 민성이 중국에서 돌아와 자신에게 들려준 이야기를 대강 전달해 주었다.

잠시 철우의 이야기를 듣고 있던 실장은 그 이야기를 차분히 짚어보며 되물었다.

"그러니까… 장길상 고객님의 정보 대조를 위해 갔다……. 그리고 신원을 조사하다가 그 사람의 어려운 일을 목격했고, 그 사람이 어려운 일이 생겼고 민성 씨가 도와주게 되었다. 이 이야기야?"

"네, 맞아요."

"그렇게 도움을 받은 고객께서 보답하려고 도왔고?"

"예, 제가 듣기로는 그렇게 알고 있어요. 그런데 무슨 일이 있어요?"

철우의 질문에 실장은 민성에게도 이야기하였기에 그냥 편하게 어찌 된 영문인지 차분히 상황을 설명하기 시작했다.

어차피 비밀도 아닌 이야기였기 때문이다.

한참을 그렇게 철우는 그 자리에서 실장의 이야기를 쭉 들을 수밖에 없었다.

실장인 선배의 말과 걱정은 이해가 가지만 솔직한 심정으로 친구의 밥그릇을 가져가려는 그 행위는 공감하지 못했다.

자신이 비록 선배인 실장의 도움으로 회사에 취직하기는 했지만 친구인 민성은 낙하산인 자신과 처한 입장이 달랐고, 이제 겨우 신입으로 이 세계에 발을 들인 남자에 불과했다.

철우는 결국 민성의 편을 들었다.

"형, 솔직히 민성이는 나하고는 입장이 다르잖아요. 민성이는 처음부터 프리랜서로 입사해서 이제 시작하는 놈이에요. 그런 상황에서 처음으로 만든 인맥이 중국 고객들의 인맥일 텐데, 그걸 달라는 건 너무한 거 아닐까요? 누구라도 반발하는 게 당연하죠.

"나도 알아. 그렇지만 지금 회사의 입장에서는 무슨 수를 써서라도 중국과 일본으로 진출해야 해. 그러니까 무슨 좋은 방법이 없겠냐고."

실장이 이토록 간곡하게 부탁하자 철우는 더 이상 어쩔 수 없는지 머리를 긁적였다.

"저도 지금 이야기를 들었는데 뾰족한 수가 있겠어요? 일단 들었으니 생각은 해볼게요."

"그래, 민성 씨와 이야기해서 좋게 해결을 보았으면 좋겠다."

실장의 말에 철우는 이내 고개를 끄덕이곤 자리를 벗어났다.

실장실 안에 홀로 남게 된 실장은 자신의 의자에 털썩 주저앉아 천장을 바라보며 한숨을 내쉬었다.

실장이 이토록 민성에게 집착하는 이유는 회사의 이득도 분명 존재하지만 오미연에 대한 게 가장 컸다.

오미연.

그녀는 에이스 결혼정보회사에서 가장 잘나가는 직원 중 하나이자 실장의 그렇고 그런 관계였다.

그 계기는 그녀와 며칠 전 술자리를 가지게 되었었는데, 정신을 차려보니 알몸으로 단둘이 모텔에서 깨어난 것.

그리고 깨어난 자신에게 오미연은 싱긋 웃으며 말했다.

"어젯밤에 약속하신 거예요. 저에게 중국관련 건, 모든 걸 넘겨준다고요. 그리고 어젯밤에 정말 너무 좋았어요. 실장님 엄청 남자답던데… 뜨거운 게. 사모님 모르게 입단속할게요. 그러니… 한 번 더 어때요?”

이 말을 듣는 순간 실장은 자신이 큰 실수를 저질렀다는 걸 깨달았다.

하지만 이왕 엎지른 물, 이대로 자기가 수습한다면 큰 탈이 없을 거라 생각했다.

민성은 신입사원인 데다가 철우와의 친분도 있으니 거절하지 못하리라 생각했는데…….

“아이고, 두야…….”

실장은 복잡해지는 상황에 지끈거려오는 머리를 가볍게 붙잡으며 중얼거렸다.

그러나 실장은 아무것도 알지 못했다.

오미연은 남자가 자신에게 도움이 된다면 언제라도 유혹하여 이용한다는 사실을.

*　　　*　　　*

다음 날.

실장에게 그런 이유가 있다는 것을 모르는 철우는 자신의 자리에 앉아 서류를 정리하고 있는 민성에게 다가갔다.

"야, 잠시만 나하고 이야기 좀 하자."

철우가 자신을 찾아와 부르는 이유가 무엇인지 민성은 바로 알아차렸다.

하지만 이 이야기는 남들이 들으면 곤란한 일이었다.

"그래, 상담실로 가지."

그렇게 두 사람은 회사로 찾아오는 고객들을 위해 마련한 상담실로 향했다.

상담실 안은 제법 방음이 잘되어 있기에 안심하고 대화를 나눌 수가 있었다.

"실장이 나 때문에 뭐라고 해?"

"그래, 나보고 너에게 회사에 도움을 주라고 부탁 좀 하라고 하네."

"내가 보기에 실장님 지시라기 보단 오미연이 실장을 유혹한 것 같아 보여."

민성은 눈치가 빠르기 때문에 오미연이 실장의 사무실에 들어갔을 때 이미 어느 정도는 짐작하고 있었다.

그래서 철우에게 자신이 느낀 것들에 대해 이야기를 모두 들려주었다.

"확실해? 장담할 수 있겠냐고."

철우가 얼굴을 굳힌 채 물었다.

"그걸 내가 아냐? 대개 일을 이렇게 처리하는 모양인 것 같던데.”

이미 회사에도 오미연에 대한 소문이 작지 않게 나오고 있어서 남자들 같은 경우에는 어느 정도 알고 있었다.

그리고 이 소식들을 민성이 접한 것은 실장실을 나온 뒤 두 시간만에 다른 사람들의 수군거리는 소리를 통해서였다.

기감이 발달한 덕분에 사무실을 나오는 와중 민성이 미연의 마수에 걸려들었다며 속삭이던 것들을 모두 듣게 된 것.

이후 직원들 사이를 수소문해보다가 결정적으로 오미연이 실장의 집을 드나들었단 사실을 목격한 직원까지 찾아내면서 결정적인 확신을 얻었다.

이런 상황에서 철우의 표정을 보니 모든 퍼즐이 짜 맞춰진 기분이 드는 민성이었다.

“어떻게 할래?”

“뭘 어떻게 해. 줄 수 없다고 했어. 이건 변함없어. 그리고 마음에 들지 않으면 나가면 그만이잖아.”

민성은 이렇게 된 바에 차라리 나가서 직접 창업할 생각까지 가지고 있었다.

그렇게 하는 것이 철우에게도 도움이 될 것 기분도 들었다.

어차피 복수를 위해 이 직업을 활용하는 것이지, 이 회사가 중요한 것은 아니다.

게다가 김호철 이후 또 이용당하는 것은 사양이다.

“야, 그렇다고 그만두면 어떻게 하냐? 내가 선배는 잘 구슬려볼게. 같이 이야기해보자.”

“그래, 너한테는 미안해.”

“아냐, 내가 피 보고 있는 것도 아닌데 뭐.”

철우 또한 실장과 오미연의 태도에 짜증이 난 상태였다.

친구인 민성에게는 아무런 잘못이 없었다.

실장과 오미연의 일이 문제일 뿐이지, 그것은 민성이 벌인 문제가 아니다.

개인 돈으로 중국을 갔고 거기서 나름 열심히 업무를 처리하고 노하우를 만들었을 터.

이는 엄연히 민성의 능력이고 돈줄인데 그런 돈줄을 달라고 하면 누구라도 싫다고 할 것이라는 생각이 들었다.

철우는 민성과 대화를 마치고는 바로 실장에게 갔다.

이런 일은 질질 끌어서 좋을 것이 없었기 때문이다.

“실장님, 아니, 선배. 우리 솔직하게 이야기 좀 했으면 하는데요. 오미연이랑 무슨 일이 있죠?”

“그, 그게 무슨 소리야?”

실장은 철우가 갑자기 와서 그런 이야기를 하니 무언가 걸린 것 같은 표정을 지으며 말을 더듬었다.

그런 실장의 모습을 본 철우는 오미연과 둘 사이에 모종의 거래가 있었고 이를 들어주지 않으 수 없게 되었다는 것을 눈치챘다.

철우가 단호한 목소리로 이야기했다.

"형, 아무리 프리랜서라고 하지만 그 사람 자존심을 건드리고 밥줄 잘라 뺏을 생각하는데, 누가 회사에 나오려고 하겠어요? 중국에 가서 자기가 이룬 걸 가져가겠다고 하면 그대로 그만두겠다고 하네요."

실장도 철우의 말에 인정하지 않을 수는 없었지만 자신의 상황은 그렇지 못했다.

결국 실장은 다시 한 번 철우를 달래보려 했다.

"야, 그러지 말고 이번 한 번만 나를 좀 도와주라. 우리가 알고 지낸 게 몇 년이고 내 덕분에 네가 지금 여기까지 왔잖냐."

"형, 미안한데요. 이번에는 나도 어쩔 수가 없을 것 같아요."

철우가 맥 빠지는 소리를 하니 실장도 짜증이 났는지 버럭 소리질렀다.

"아니, 중국에서 새로 얻은 인맥들 좀 소개해 달라는 게 그렇게 어려워? 어차피 만든 거 공유하자는 건데?!"

"아, 그렇게 원하고 바라면 형이 이야기해요. 전 손 뗄게요."

실장이 적반하장으로 나오자 철우는 더 이상 그와 말을 섞고 싶지도 않은 기분이 들어 두 손을 들어 보이며 등을 돌려 실장실을 빠져나갔다.

철우가 그렇게 나가자 실장은 한참 머리를 벅벅 긁더니 자신의 자리에 놓인 책 한 권을 입구를 향해 던지며 버럭 소리쳤다.

"빌어먹을! 아, 그 새끼! 그냥 좀 주면 어디가 덧나! 후우……. 이거 골치 아프게 생겼네. 어떻게 하지?"

실장은 이미 오미연과의 거래에서 받을 것을 받았기에 골머리가 아파왔다.

문제는 금전이 아니기 때문에 돌려주고 싶어도 돌려줄 수가 없다는 것이 더 큰 문제였다.

실장이 고민하고 있을 무렵, 오미연은 카페에서 커피 한 잔을 마시며 분노를 삭이고 있었다.

실장실에서 민성과 만난 이후 지금까지 계속 그 일로 인해 화가 나서 참지 못하고 있던 것이다.

"아니, 나처럼 예쁜 여자가 부탁하면 지가 알아서 도와야지 왜 지랄이야, 씨발 놈이. 아, 존심 상해!"

오미연은 실장실을 나온 뒤 얼마 지나지 않아 민성이 자신에게 찾아올 거라 확신하고 있었다.

하지만 오늘까지 아직 아무런 연락도 없었을뿐더러 자신

을 바라보는 그 싸늘한 시선이 너무도 마음에 들지 않았다.

여태까지 살면서 자신의 미모에 넘어오지 않은 남자가 없는 오미연이었다.

어렸을 적부터 지금까지 자신이 뭔가를 나서면 항상 남자들이 먼저 도와주었고, 같이 처음 만나는 자리에서 싸늘한 척하면 남들이 없는 상황에 먼저 남자가 작업을 걸어왔던 것이다.

이번에도 그러리라 생각했고, 지금까지 아무 어려움 없이 외모의 도움을 받을 수 있으리라 생각했는데, 자존심만 잔뜩 상해 버렸다.

그동안 남자를 너무 쉽게 생각하고 있었는데, 자신에게 꿈쩍도 하지 않는 남자를 처음 만났다.

하지만 그도 그럴 것이, 민성이 며칠 전에 만난 현아와 그 친구들에 비하면 오미연은 택도 없을 만큼 미모 면에서 뒤처진 것이다.

굳이 따지자면 여배우 김태희를 옆에 두고 서 있는 일반인의 느낌이랄까.

그런 사실을 모르는 오미연은 기분이 너무 나빠 마냥 씩씩거리고 있는 중이었다.

"그냥 내가 직접 한번 가볼까?"

오미연은 자신이 다른 것은 몰라도 남자를 꾀는 일 하나만큼은 자신있었기 때문에 직접 가서 민성을 유혹하고 싶다는 생각도 들었다.

그간 중국에 인맥을 만들려 노력했지만, 잘 풀리지 않은 점도 있었고, 국내의 일과 맞물려 중국에서 구축할 시간이 부족했던 점도 분명 있다.

하지만 신입 하나가 이렇게 간단히 상당한 성과를 만들어 왔으니 이를 잘 넘겨받는다면 자신에게 돌아올 이득은 상당할 것이 틀림없었다.

한데 그게 이렇게 어려울 줄이야.

까득.

"정민성……."

오미연은 자신의 손톱을 가볍게 물어뜯곤 자리에서 일어났다.

한편, 실장과 오미연, 그리고 철우 모두를 골치 아프게 한 민성은 아무렇지도 않게 일을 하고 있었다.

"이 서류대로면 남자가 많이 부족해 보이는데… 결혼이 가능할까?"

결혼 정보회사에 가입한 남녀는 대부분이 자기보다 금전적인 면이나 능력 면에서 월등한 남자를 선호하고 있었고 마찬가지로 남자도 집안을 비롯하여 외모까지 월등한 여자를 더 원하고 있었다.

어떤 면에서는 성격보다 이런 외적인 것들을 살피고 그 스펙을 따져서 결혼하는 경우도 있다 보니, 흡사 면접 보는 취업준비생들처럼 느껴질 때도 있을 정도였다.

서로가 자신보다 나은 조건의 상대를 찾으려는 경우가 워낙 많아 중매는 항상 잘 이루어지지 않았다.

그렇기에 민성은 일반인들의 생각보다 더욱 객관적으로 판단해 보기로 생각했다.

성과에 따라 돈을 받는 것이니, 첫 달부터 긴장하고 바짝 힘을 낼 필요가 있다.

돈과 복수를 위한 연을 만들기 위해선 그 누구보다 더욱더 치열하게 살아야만 하는 민성이기에.

어쨌거나 고객의 데이터베이스를 토대로 서로에게 비슷한 이들이 만나게 될 것이다.

그렇다면 그들의 미팅 장소에서 기적을 만들어야 한다는 결론이 나온다.

"그들의 부족한 부분을 좀 채워주면 잘되지 않을까?"

만남에서 사람들은 상대의 외모나 성격, 말투나 생각 등을 판단하고 생각하게 된다.

여기에는 장단점이 존재하고 그 개인의 순수한 능력치기 때문에 서로 어긋나는 경우는 태반이 이 과정이다.

그래서 민성이 생각한 것이 팔찌의 능력이다.

일시적이기는 해도 그 사람에게 능력을 올려주는 기능이 있으니 말을 더듬거나 성격적 아쉬움을 다른 방식으로 처리한다든지, 데이트 장소를 운동과 관련으로 하여 멋진 모습을 보여주게 만드는 등, 나름의 플랜을 잘 짜낼 수 있을 듯했다.

그렇게만 된다면 커플 매니저로서 꽤 재미있는 결과를 만들어낼 수 있으리라 여겼다.

그리고 이것이 자신감이 없는 이의 자신감을 살려줄 수도 있을 테니, 이를 또 잘 활용하면 인연도 늘어나리라 믿고 있었다.

민성은 그렇게 생각하고 데이터 정리에 열을 쏟았다.

많이, 그리고 체계적으로 고객들을 알아두는 게 자신에게 결국 이득으로 돌아올 테니까.

드드드―

"여보세요? 정민성입니다."

"오빠, 소영인데요. 우리 오빠가 오늘이나 내일 정도면 시간이 된대요."

소영이 자신의 오빠 때문에 민성에게 전화한 것이다.

"그러면 내가 오늘 한가한데 시간 내주실 수 있는지 체크해볼래?"

"오늘 시간이 있다고 했으니 내가 다시 전화줄게요."

"그래, 알았어. 시간 하고 장소만 정해서 연락줘."

소영이 집에 돌아가 바로 오빠에게 이야기해서 잘 구슬린 모양이었다.

오늘 바로 약속을 잡자는 것을 보니 말이다.

민성은 가장 먼저 소영의 오빠부터 문제를 해결해 주려고 생각했다.

팔찌의 능력을 실험해 볼 좋은 대상이기도 하거니와 그와 인연을 맺는다면 그건 결국 자신에게 큰 힘이 되리란 생각에 서였다.

아직 실험하지는 않았는데 그 정도의 영향력이 있을 것이 라고 보았다.

또한 일시적이라곤 해도 버프로 자신감을 얻고 그게 몇 차 례 반복이 되게 되면 자연스럽게 변화할 수 있는 계기를 주지 않을까.

"그래, 처음만 버프를 주면 용기도 생기고 그러면 말도 안 더듬고 그 정도의 남자라면 어느 여자가 망설이겠어?"

민성이 보기에 소영의 오빠는 순에 꼽히는 수준의 스펙을 가진 남성이다.

그런 남성이라면 어떤 결혼 정보회사가 되든 가장 앞서 결 혼 매칭을 성공시키려 애를 쓰게 마련.

하지만 아직까지 이루어지지 않았다는 건 치명적인 단점

이 있다는 의미이고, 그 단점을 자신이 메워줄 수 있을 듯했다.

그래서 민성은 자신이 가지고 있는 서류상의 여인 중 한 명과 만남을 성사시키면 되겠다는 판단이 들었다.

그때 다시 소영에게 전화가 왔다.

"어, 소영아."

"오빠, 오늘 저녁 7시에 만나요. 장소는 여기 강남으로 정했어요. 위치는 문자로 보내줄게요."

"그래, 알았어."

민성은 소영이 장소를 문자로 보내준다고 하니 별다른 걱정 없이 통화를 마쳤다.

전화를 종료하며 소영은 입가에 미묘한 미소를 짓고 있었다.

"호호호, 오빠는 이제 내가 확실하게 잡아줄게."

나이트클럽에서 민성을 처음 보았을 때 소영은 눈을 뗄 수 없었다.

말 그대로 소영은 첫 눈에 반했다.

하지만 그런 자신의 마음을 아는지 모르는지 민성은 현아를 선택하여 솔직히 자존심이 상당히 상했다.

그런 만큼 오기가 더 생겨 반드시 저 남자는 내가 꾀고 말겠다는 생각을 하게 되었다.

지금의 일은 작업을 위한 전초전이라 할 수 있다.

민성의 마음을 얻기 위해서는 소영은 무슨 짓이라고 할 수 있을 것 같았다.

솔직히 오빠의 문제가 아무리 급해도 자신이 크게 신경 쓰는 문제가 아니다.

속이 타는 것은 부모님이지 자신도 아니고, 이미 가족들 모두 반쯤 체념한 상황이기에 그러했다.

"현아가 조금 걸리기는 하지만 나도 그렇게 떨어지는 미모는 아니니 뭐. 조금만 더 가까워질 수 있도록 하자. 미안, 오빠."

소영은 민성과 친해지기 위해 자신의 오빠를 희생시키고 있었다.

오빠야 이미 포기한 사람이지만 자신은 이제 시작해야 하는 사람 아닌가.

자신을 위한 오빠의 숭고한 희생이 빛을 낼 수 있으리란 판단과 치밀한 계획을 잡는 소영이었다.

소영은 그렇게 생각을 하면서 민성과 잘되기를 간절히 바라고 있었다.

민성은 소영과 그렇게 약속이 정해지자 대충 소영의 오빠

와 어떤 여자가 가장 잘 어울릴지 판단하며 후보군을 선정하
고 있었다.

"소영의 오빠와 비슷한 스펙을 가진 여자는 없지만 그냥
이 정도만 해도 넘어갈 수 있지 않을까?"

민성이 고른 여자들은 모두 세 명이었는데 자기가 가지고
있는 서류상의 여자들 중 최상위의 여성들이었다.

우선 이런 집안들의 결혼에 중요한 것은 집안, 재력, 인물
의 됨됨이 순이라 해도 과언이 아니다.

그런 상황에서 민성이 고른 인물들은 집안도 그렇게 나쁘
지 않고 재계 인사인 남자와 어느 정도 잘 맞아떨어지는 인원
들이었다.

이들을 미리 체크해두는 이유는 소영의 오빠와 만나는 자
리에서 그를 판단하고 이들을 보여주며 이야기를 나눠보기
위해서였다.

그리고 자신의 능력 중 하나인 버프의 기능이 상대에게 어
떤 영향을 주는지도 확인해야 했다.

자신이 생각하는 것과 다르게 버프의 능력이 발휘되지 않
는다면 골치 아파지는 것은 시간문제였으니 말이다.

"음, 이제 슬슬 출발을 하면 되겠다."

민성은 시간이 되자 천천히 나갈 준비를 했다.

이미 주소는 문자로 받았고 확인해 보니 자신도 익히 아는

장소라 문제는 없었다.

이제 새로운 싸움의 시작이었다.

그렇게 약속 장소로 민성이 떠나고 약간의 시간이 지났을 무렵, 한 사람이 민성을 찾아 그의 자리로 나타났다.

"아니, 어디 간 거야?"

오미연은 자신이 직접 민성을 유혹하려 시간을 내서 찾아왔건만 당사자의 모습이 보이지 않았다.

민성을 유혹하기 위해 집으로 돌아가 옷을 갈아입어 맞추고, 가볍지만 상대의 관심을 끌 만한 아찔한 향수를 희미하게 뿌려두는 것도 잊지 않았다.

나름 전투 준비를 갖추어 왔는데, 맥 빠지게 당사자가 자리에 없다니…….

"아직 퇴근하지는 않았을 테니 전화를 해볼까?"

오미연은 전화를 걸어 만나려는 생각을 하다가 자신이 그렇게까지 하면 오히려 더 반발할 수가 있다는 생각이 들어 그만두고 말았다.

"쳇, 오늘은 어쩔 수 없지."

오미연은 그렇게 민성에 대한 아쉬움을 가진 채 돌아갔다.

＊　　　＊　　　＊

　민성은 강남으로 가서 약속 장소로 정한 레스토랑에 도착
하니 이미 소영과 그의 옆으로 오빠로 보이는 남자가 먼저 와
서 기다리고 있었다.

　"오빠, 여기예요!"

　소영은 민성이 보이자 손을 흔들며 자신의 위치를 알려주
었다.

　민성은 소영이 손을 흔들자 바로 확인하곤 그들이 있는 자
리로 갔다.

　"이거 내가 늦은 거야?"

　"아니에요. 우리가 빨리 와서 그렇지 약속 시간까지 아직
시간이 많이 남았어요. 아, 여기 우리 오빠예요. 인사들 하세
요."

　민성은 소영이 오빠라고 하는 남자에게 정중하게 인사를
했다.

　"안녕하십니까. 커플 매니저 정민성이라고 합니다."

　"아, 안녕하세요. 소영이 오빠인 전태수라고 합니다."

　두 사람이 어색하기는 하지만 인사를 나누자 소영이 입가
에 미소를 지었다.

　"우선 인사도 나눴으니 식사라도 하면서 이야기해요. 나
배고파서 오래 있지 못할 것 같아요."

민성은 소영이 배가 고프다며 식사하자는 이야기에 소영의 오빠 태수를 보았다.

"저기, 그러면 식사를 먼저 하는 것이 어떠십니까?"

"저도 좋습니다. 여기도 좋은데 여기서 먹지요."

"그렇게 할까요?"

그렇게 세 사람은 그 자리에서 요리를 주문해 차분히 식사를 마칠 수 있었다.

식사를 동안에도 민성은 태수의 작은 행동과 말투 하나하나 놓치지 않고 잘 관찰했다.

자신과 오늘 처음 만나는데 말하는 것을 보니 절대 더듬을 스타일은 확실히 아니었다.

외려 호남형에 속하는 모습과 잔잔하지만 힘있는 말투, 특유의 낮은 톤은 여자들이 좋아할 만한 그런 것이었다.

그렇다 보니 여자만 만나면 말을 더듬다는 이야기가 아무리 봐도 믿기지 않았다.

'아니, 어떻게 저런 사람이 여자를 보면 말을 더듬는지 모르겠네. 혹시 여자들에게 어떤 트라우마가 있던 건 아닐까?'

민성은 태수의 행동을 보며 전혀 이상한 점을 찾을 수가 없어서 가지게 된 생각이었다.

한참을 그렇게 관찰의 시간을 보내며 식사를 마친 민성은 다른 두 사람과 함께 조용한 카페로 자리를 옮겨 차를 한 잔씩 마시며 본격적인 이야기를 시작했다.

"민성 씨는 어떻게 커플 매니저를 하시게 되었나요?"

"하하하, 저는 친구 따라 강남 간 경우입니다. 친구 놈이 커플 매니저를 하고 있어 저도 따라하게 된 거지요."

민성의 대답에 소영은 철우가 생각이 났다.

"어머, 그러면 철우 오빠가 커플 매니저를 하고 있다가 오빠를 스카우트한 거네요?"

"스카우트라……. 대충 그렇게 된 거지."

"호호호, 철우 오빠가 스카우트했다고 하니 뭔가 웃기네요."

식사하는 동안 조용하지만 부지런히 먹는데 여념이 없던 소영은 카페로 옮겨오고 나서 여유가 생겨 그런지 열심히 떠들어 댔다.

그런 자신의 동생을 보며 태수는 신기한 눈빛으로 보고만 있었다.

자신의 동생은 눈이 제법 높아서 여태껏 어지간한 남자는 쳐다보지도 않았는데 지금 눈앞의 남자에게는 지금까지완 차원이 다를 정도로 쾌활한 모습을 보여주고 있었다.

'아니, 얘가 내 동생이 맞는 거야?'

태수는 소영의 그런 행동과 변화에 놀라워했다.

민성도 태수가 동생인 소영을 보며 신기해하는 것을 주시하다가 불현 듯 질문을 던졌다.

"저기 태수 씨, 한 가지만 물어볼게요."

"예, 말하세요."

"다른 게 아니라 제가 듣기로는 여자만 만나면 말을 더듬는 다고 들었는데요. 혹시 트라우마 같은 건 없으신가요? 과거에 안 좋은 일이 있었다든지."

태수는 민성의 질문에 흠칫하는 몸짓을 했다.

아마도 민성이 한 질문이 맞는 것 같아 보였다.

태수가 머뭇거리자 민성은 자신의 생각이 틀리지 않았다는 것을 알았다.

"소영이가 옆에 있어서 이야기하실 수 없으면 다음에 이야기하지요."

"아닙니다. 소영이 때문에 그러는 것이 아닙니다. 사실 제가 여자를 만나면 말이 더듬는 이유는 어렸을 때에 일 때문입니다."

"뭔가 일이 있으셨던 모양이군요."

"당시 한 여자가 있었습니다."

태수는 그간 다른 이들에게 밝히지 않은 말을 꺼내기 시작했다.

"무술을 익히던 아가씨라 상당히 위압적인 여자였지요. 게다가 뭔가 남자들을 모두 적으로 인식하고 있었거든요. 그리고 전 그 여자를 좋아했습니다."

"아, 그렇다면……?"

"네, 제 첫사랑 이야깁니다. 어쨌거나 그 여자에게 사랑한다고 고백할 자신이 없어서 몰래 초콜릿과 선물을 담아서 여자애 자리에 그걸 놔뒀었어요. 그런데 자리로 온 여자애가 화를 내면서 누가 놨는지 찾더라고요. 그리고 그게 저라는 걸 알자 제 앞에서 쓰레기통에 집어 던지곤 절 두드려 패더라고요."

"헉……."

"그때부터 어떻게 해야 할지 모르겠더라고요. 여자만 보면 겁이 나고."

태수의 이야기를 들은 민성은 고개를 끄덕였다.

그 정도라면 충분히 자신이 도움이 될 수 있다는 생각한 민성은 결론을 지어 말을 꺼냈다.

"그러면 태수 씨는 용기만 있으면 다른 문제는 없겠네요. 여자에게 접근할 수 있는 용기, 두려움 없이 말할 수 있는 것."

"그게 잘 안 되더라고요. 회사의 여자들을 보면 아무런 증상이 나타나지 않는데 이상하게 선만 보면 그런 증상이 나타나서 저도 당황이 됩니다."

"그러면 선 보는 여자를 빼고는 그런 증상을 보이지 않는다는 이야기인가요?"

"네. 꼭 여자로 만나려 하면 그렇습니다."

민성은 태수의 이야기를 들으며 아마도 일대일로 만나니 그런 증상이 나타나는 것으로 보였다.

회사나 다른 장소는 많은 사람들이 있으니 마음이 안심이 되어서 그런 증상이 보이지 않지만 일대일로 만나게 되면 아마도 심적으로 부담이 생기니 그런 현상을 보이는 것이라는 생각이 들었다.

태수도 나이가 있으니 어린 시절 이야기를 쉽게 하지 못했을 것이고, 병원에서 아무리 이와 관련해서 약을 처방해주고 심리치료를 시도한다 해도 스스로 변하지 않으면 안 되는 문제가 있다.

그런 정도의 증상이면 민성의 버프로 충분히 해결할 수 있을 듯했다.

팔찌에 있는 버프의 이능은, 겁에 질린 병사들의 사기 또한 버프로 끌어 올릴 수 있었는데, 바로 이 점을 대입하면 충분히 가능할 법했다.

"무슨 이야기인지 충분히 이해했습니다. 제가 하는 일이 커플 매니저라는 것은 아실 테니, 이번 주에 제가 한 여인을 만나게 해드리겠습니다. 일단 한번 만나 보시고 다시 이야기하도록 하지요. 그리고 그날 제가 확실한 도움을 드리겠습니다.”

태수도 장가는 가고 싶었는지 여자를 만나게 해주겠다는 이야기에 눈빛이 반짝였다.

“그런데 그 여자분이 화를 내지 않을까요?”

태수는 솔직히 선을 보러 나가서 여자가 화낼까 두려워 움츠러든 채 말했다.

앞선 순간까지 보였던 모습과는 전혀 다른 느낌이었다.

“그 부분은 제가 해결할 수 있게 도울 테니 걱정하지 마세요. 우선은 여자분을 만나 이야기해 보도록 하세요. 두려움은 이길 수 있습니다.”

“저도 그렇게 생각은 하고 있지만 그게 잘 안 되더라고요.”

“우리 서로 노력을 해보도록 하지요. 남자가 되어서 여자와 만나는 것을 두려워하면 앞으로 무슨 일을 하겠습니까?”

민성의 말에 태수도 솔직히 민망해 죽을 것 같은 표정이었다.

남자가 여자를 두려워하는 것이 세상에 알려지면 무슨 망신이겠냔 말이다.

소영은 그간 듣지 못했던 오빠 태수의 이야기를 듣고는 조금 실망하는 얼굴을 하고 말았다.

오빠의 어린 시절 트라우마에 잠시 어안이 벙벙했다.

“그래, 오빠. 같이 노력하자.”

소영의 말에 태수는 어쩔 수 없다는 표정을 지었다.

"그래, 한번 해보자."

민성은 지금이 기회라고 생각하고는 태수의 어깨에 손을 짚으며 이야기했다.

"잘되실 겁니다. 활력이 넘치시잖습니까."

'버프.'

민성은 아무도 듣지 못하게 아주 작은 소리로 버프라고 읊조렸다.

그러자 눈에 보이지는 않지만 요상한 기운이 태수의 몸으로 흘러들어갔고 그 순간 태수는 몸에 힘이 넘치는 기분이 들고 기분이 좋아졌다.

왠지 자신감이 넘쳐서 무엇이든 해낼 수 있을 듯한 기분이 들었다.

"이상한데? 갑자기 몸에서 힘이 넘치는 기분이 들어."

"하하하, 마음에 너무 오래 담아두셨던 탓에 그럴 겁니다. 털어놓는 것만으로도 충분할 수 있지요."

민성은 태수가 느끼는 기분이 어떤지는 모르지만 자신이 보기에는 버프가 제대로 먹혀든 듯했다.

자신이 가지고 있는 이 신비한 능력을 이용하면 결혼에 힘들어하는 남녀에게 많은 도움을 줄 수 있을 것 같아서 기분이 좋아졌다.

‘그래, 버프를 잘만 이용하면 많은 이들에게 행복을 줄 수 있을 거야. 서로에게 좋은 일이지.’

돈도 벌고 인연을 이어주는 일에 사용하면 서로 좋은 일이 될 것임을 확실하게 느꼈다.

“오빠, 기분이 좋은 것을 보니 이번에는 무언가 일이 잘될 것 같지 않아?”

“그래, 나도 그런 생각이 든다. 고맙다 소영아.”

“호호호, 오빠는 내 말만 잘 들으면 안 되는 것이 없다니까.”

두 남매는 기분이 좋은지 웃으면서 즐거워하였다.

민성은 그런 남매를 보며 기분이 좋아졌다.

사람에게 웃음을 줄 수 있다는 것이 얼마나 행복한 것인지를 느끼게 되었기 때문이다.

“태수 씨, 오늘 보니 기다릴 것도 없겠네요. 바로 모레 만남을 주선해 보겠습니다. 여성분과도 시간을 맞춰서 조정하지요.”

태수는 민성의 말에 고개를 끄덕였다.

이상하게 전과 다르게 여자라는 말이 나와도 몸에 이상이 느껴지지가 않아서였다.

“그렇게 하지요. 그날은 시간을 비워두겠습니다.”

“그러면 모레 오후 3시에 만나는 것으로 하겠습니다. 장소가 정해지면 바로 연락드리겠습니다.”

“알겠습니다. 그렇게 알고 준비하겠습니다.”

두 사람은 그렇게 시간을 정하며 이야기를 마무리했다.

소영은 오빠가 민성을 만나 좋은 일이 생기자 자신과 민성은 인연이 강하게 있다고 느끼며 묘한 가슴 떨림을 느꼈다.

'민성 오빠는 아마도 나에게는 운명의 남자인 것 같아. 우리 오빠도 저러는 것을 보니 운명이 맞지. 민성 오빠, 절대로 놓치지 않을 거예요.'

소영은 민성의 보는 눈빛에 촉촉한 빛이 어렸다.

CHAPTER
03

커플 매니저로 자리를 잡다

민성은 소영의 오빠와 약속한 장소로 향했다.

오늘은 태수와 한 여성의 만남을 주선해 주는 자리였기 때문이다.

그제는 소영이 때문에 아주 힘들게 헤어졌다.

소영이 자신과 더 있자고 하는 바람에 계속 자리를 뜰 수 없었던 것.

그나마 태수의 도움 덕분에 겨우 빠져나올 수가 있었다.

"소영이 생각을 하니 이거 골치가 아프네. 그나저나 오늘은 버프를 받아 성공해야 하는데 말이야."

민성은 어제 태수가 버프를 받아 한 행동으로 보아서는 그리 문제가 없을 것 같았지만 사람의 일이라는 것이 항상 변수에 대비해야 하기에 나름 대처할 수 있는 방법을 찾고 있었다.

물론 그렇다고 방법이 있는 것은 아니었지만 말이다.

두 사람만 두고 가게 되면 버프의 힘이 얼마나 지속이 되는지를 모른다는 것도 한몫했다.

버프는 사람마다 시간이 달랐는데 건강한 사람일수록 시간이 오래 유지되었고 몸이 약한 사람은 그만큼 시간이 줄어들었다.

아마도 버프가 몸에 무리가 가기 때문이거나 신체적 영향을 받는 탓으로 보였다.

물론 아직은 민성이 그런 사실을 알지 못하고 있는 것이 더 문제였다.

"우선은 만나면 바로 버프를 걸어서 망을 더듬지 않게 해 주는 것으로 시작하면 되겠다."

민성은 약속 장소로 이동하면서 나름 생각을 정리하고 있었다.

사실, 오늘 사무실에서도 좋지 않은 일이 있기는 했다.

바로 오미연이 때문이었는데 실장과 오미연은 아직도 포기하지 않았는지 아침부터 자신을 불러 이상한 소리를 했다.

"민성 씨, 중국의 인맥들을 소개해 주는 것이 그렇게 힘이
드는 건가요?"

"힘이 드는 것이 아니라 제가 스스로 고생을 해서 얻은 것
을 그냥 달라고 하니 싫다는 겁니다. 얻고 싶으면 직접 중국
에 가서 얻으세요."

"아니, 정말 그럴 거예요?"

"네, 그럴 겁니다."

민성의 대답에 오미연은 아주 약이 올라 미칠 것만 같았다.

자신이 직접 중국에 가서 인맥을 만들고 싶기는 했지만 중
국에 갈 시간이 현재 부족한 상황이기에 더욱 그랬다.

민성은 오미연이 어떤 상황이 되어도 자신과는 상관이 없
다는 태도였다.

오미연도 프리랜서였고 자신도 프리랜서였기에 상호간에
필요한 정보를 공유할 수는 있지만, 인맥은 다른 문제였다.

"이봐요. 민성 씨, 회사를 위해 조금 양보하도록 합시다.
서로 도와주면 좋잖아요."

오미연과 사이가 점점 험악해지자 실장이 개입하고 나섰
다.

"아니, 실장님. 저에게 그런 부탁하지 마십시오. 저는 하기
싫은 것은 안 합니다."

민성이 확실하게 싫다는 표현을 하자 실장과 오미연은 모

두 실망과 화가 났다.

하지만 그렇다고 해서 구슬려야 할 상대에게 화를 낼 수도 없는 노릇이었다.

"휴우, 민성 씨, 다시 한 번 생각해 볼 수는 없는 거요?"

"예, 앞으로 이런 이야기로 시간을 보내고 싶지 않으니 확실하게 싫습니다. 그리고 저는 오늘 맞선 주선 자리가 하나 나와서 거기에 다녀오도록 하겠습니다."

민성은 그렇게 말하고 두 사람을 두고 나왔다.

민성이 나가고 나자 오미연의 얼굴은 아주 지옥의 악귀 같이 변해 버렸다.

"이게 어떻게 된 거예요, 실장님?"

오미연의 말에 실장은 아무런 말도 하지 못했다.

이번 일은 분명히 자신이 책임지겠노라 했지만, 잘 안 되고 있는 상황 아닌가.

오미연은 실장이 아무런 대답이 없자 더욱 화가 났다.

"실장님, 정말 이런 분이셨어요? 저와 약속할 때는 무조건 된다고 하지 않았나요? 저는 충분히 그날 밤에 대가를 지불하지 않았냐고요."

오미연이 화가 나 사무실에서 막말이 나오기 시작했다.

실장은 오미연이 그렇게 나오자 당황하여 눈동자를 굴려

댔다.

"이봐, 오미연 씨, 소리를 크게 하면 어떻게 해."

"지금 소리가 문제예요. 실장님이 저에게 한 행동은 생각 안 하세요?"

"나도 최선을 다하고 있었지만 민성 씨가 반대하니 그런 거잖아?"

실장도 솔직히 오미연에게 도움을 주고 싶었지만 민성이 안하겠다고 하니 방법이 없었다.

오미연도 실장이 자신에게 도움을 주기 위해 노력한 것을 알고는 있지만 그래도 자신이 실장에게 준 것을 생각하면 솔직히 조금 억울하다는 생각이 들었다.

민성은 태수와 만나기로 한 장소에 도착하여 이번 만날 여성에게 전화를 걸었다.

"여보세요?"

"전화 드렸던 징민성입니다. 지금 어디 계세요?"

"호호호, 전화를 거시는 모습이 눈에 보이니 그대로 계세요."

여자는 민성이 전화를 거는 모습을 보고 있는 모양이었다.

민성이 잠시 기다리니 자신이 만나려고 한 여성을 볼 수가 있었다.

"안녕하세요. 안세희라고 해요."

"예, 세희 씨, 만나서 반갑습니다. 커플 매니저 정민성입니다. 오늘 누구를 만나기로 한 것인지 아시지요?"

"예, 이미 프로필은 받았어요."

안세희는 민성이 소개로 만나기로 한 남자의 프로필을 보고는 정말 기절하는 듯한 기분이었다.

태수의 프로필을 보니 정말 일등 신랑감이 어떤 것인지를 몸으로 체험을 하였기 때문이었다.

그만큼 태수의 프로필은 완전하고 누가 보아도 아주 만족할 수준의 스펙이었다.

민성은 어느 여자라도 태수의 프로필이라면 만남을 받아들일 것이란 자신이 있었다.

"예, 남자분도 지금 도착했을 겁니다. 그런데 한 가지 주의하셔야 할 것이 있는데 혹시 남자가 작은 실수해도 처음이라 그런 것이니 이해해 주시기 바랍니다. 지금 만나시는 남자 같은 사람은 없을 겁니다."

세희는 이런 능력을 가진 남자라면 어느 정도의 실수는 묵인을 해줄 수가 있다고 생각했다.

그래도 자신은 여자였기에 기본적인 내숭은 남아 있었다.

"어머나, 여자와는 처음으로 선을 보는 거예요?"

"예, 그동안 학교는 공부만 하였고 그 다음에 일을 하기 때문에 여자를 만날 시간이 없었다고 합니다. 그러니 최대한 이해 부탁드립니다.”

“호호호, 그런 남자라면 충분히 이해해야지요. 걱정하지
마세요.”

세희는 민성의 말에 아주 기분이 좋은 미소를 짓고 있었다.

자신의 미모라면 어느 남자라도 충분히 사로잡을 수 있다
는 자신감이 있어서였다.

물론 태수가 전과 같이 행동한다면 제아무리 세희라 해도
거부감을 느끼겠지만 말이다.

민성은 세희에게 아주 세부적인 설명을 하면서 절대 실수
하지 말라는 이야기를 하며 안으로 들어갔다.

안에는 이미 태수가 도착한 채 기다리고 있는 중이었다.

민성은 태수에게 다가가니 몸이 제법 떨리고 있다는 사실
을 알았다.

태수의 앞까지 다가선 민성은 태수에게 가벼운 악수를 청
하며 속으로 버프를 외웠다.

“저분이 태수 씨의 천생연분이 되리라 믿어 의심치 않습니
다. 그리고 모든 공포를 이겨내는 희망이 되실 겁니다. 제 말
을 믿으세요.”

‘버프.’

민성의 하는 말은 옆에 있는 세희도 듣지 못할 정도로 작은
목소리로 태수에게 말을 걸며 버프를 걸어주었다.

민성의 버프는 바로 효과를 보여주었다.

태수는 조금 전까지만 해도 몸을 떨며 공포증 증상을 서서히 보이기 시작했었는데, 갑자기 몸을 떠는 것은커녕 정신까지 맑아지는 느낌을 받기 시작한 것이다.

어째서인지 그토록 자신을 괴롭히던 고통이 사라지고, 이 두근거리는 마음이 가슴에서 솟구쳐 올랐다.

태수에게는 지금 여자의 미모가 중요한 문제가 아니었다.

지금까지 수십 차례를 넘는 중매와 연애사를 망쳐놓았던 것이 바로 이 말더듬 때문이었다.

그런데 말을 거는데도 전혀 떨려오지 않았다.

외려 자심있게 말을 건넬 수 있을 듯했다.

자신이 맞는지 스스로 의심스러울 지경이었다.

'어? 나 정말 몸도 안 떨리고 말도 더듬지 않을 것 같잖아?'

태수는 신기한 현상에 놀라고 있었다.

"여기 계신 분은 전태수 씨고요. 이쪽 분은 안세희라고 합니다. 두 분 인사하세요."

민성이 이름을 알려주며 간단하게 인사를 시켰다.

"전태수라고 합니다."

"안세희에요."

두 사람은 정중하게 인사를 나누곤 서로를 살피고 있었다.

커플을 이어주는 자리이기 때문인지 조금은 굳어 있는 표정이었지만 그 정도는 민성도 이해를 했다.

"오늘 처음 뵙는 자리다 보니 일단 제가 처음은 중재해드리도록 하겠습니다. 아무래도 제가 없는 것보다는 간단하게 서로를 대한 뒤 두 분이서 오붓하게 이야기하는 편이 나을 듯하군요."

민성은 가장 기본적인 인사를 하고는 두 사람을 보았다.

그런데 지금 두 사람은 민성에게는 전혀 신경을 쓰지 않고 오로지 상대에 대해 신경을 쓰고 있었다.

민성이 보기에는 태수에게는 이런 경험이 처음이기 때문에, 세희에게 더욱 관심을 가지는 것 같았다.

세희 또한 처음에 관심을 가졌던 스펙에 대한 것 이상으로 자신이 바라고 생각하던 호남이 눈앞에 있자 마음이 확 끌린 것이다.

둘의 눈빛이 아주 미묘하게 변하고 있어 민성은 단번에 오늘 일이 아주 크게 사고를 칠 것이라는 생각이 들었다.

'어, 이거 잘되겠는데?

민성은 태수의 입장을 충분히 이해할 수 있었다.

그간 털어내지 못하던 여성 공포증을 넘어선 한 여인.

그것도 상당히 매력적이고 자신의 호감이 가는 외모를 지닌 여인에게 자신을 당당하게 내세울 수 있다니.

이 사실이 태수를 진정한 백마 탄 왕자로 바꾸어주고 있었다.

희미하게 흘러 들어간 버프의 힘으로 말이다!

"저기 이름이 세희 씨라고 하셨지요?"

"예, 그래요."

"제가 말주변이 없어도 이해를 부탁드리겠습니다. 사실 여자를 만나도 무슨 말을 해야 할지를 잘 몰라서요. 혹시 어디 가고 싶은 곳 있으신가요?"

세희는 태수의 말에 이미 짐작이라도 하고 있었던 마냥 슬며시 웃으며 태수를 바라보았다.

그것은 매우 매혹적인 모습이었다.

"호호호, 저도 말을 잘하지는 못해요. 우리 묘하게 공통적인 점이 있는 것 같네요."

태수는 몰라도 세희의 적극적인 태도와 능숙한 화술은 처음으로 말문이 제대로 터진 태수에게 여유를 주었고, 두 사람은 한없이 서로에게 빠져들기 시작했다.

민성은 두 사람의 빈응을 보고는 더 이상 여기에 있으면 눈치를 보일 것 같아 조용히 자리에서 일어섰다.

"아무래도… 저는 그만 가보겠습니다. 두 분의 즐거운 시간이 되시기를 바랍니다. 아, 그리고 내일 저에게 연락하시는 것 까먹지 마시고요."

"예, 알았어요."

"그, 그렇게 하지요."

두 사람은 민성이 가주겠다고 하자 얼굴이 갑자기 환해지
는 것이 민성도 기분이 상할 것 같았다.

그래도 태수가 공포를 이겨내고 처음으로 여자와 이렇게
대화를 나누고 있다는 사실 하나만으로 많은 것을 얻었다 할
수 있었다.

민성이 가고 세희는 본격적으로 질문을 시작했다.

"저기, 제가 프로필을 보고 좀 물어보고 싶은 게 있었는데
요."

태수는 세희의 질문에 문득 생각이 나는 것이 있었다.

이는 민성이 사전에 아마도 여자를 만나게 되면 많은 질문
이 오갈 것이라 했던 것이 그것이다.

"묻고 싶은 것이 있으면 하세요. 아, 일단 제가 워낙 바쁘
게 보냈던 것이 있고, 여자분과 이렇게 오랜 시간 많은 이야
기를 나눠보질 못해왔던 터라 서툴러도 이해 바랍니다. 특히
아름다운 세희 씨 같은 분과는요."

태수의 말에 세희의 눈빛은 바로 몽롱하게 변했다.

오늘은 자신이 정말 대박을 건졌다는 생각이 들었다.

'호호호, 세상에 웬일이니. 그동안 고생한 생각을 했는데

매니저가 바뀌고 단번에 이런 멋진 남자라니…….'

세희는 내심 민성에게 고마움을 느꼈다.

세희도 많은 남성을 만났지만 그동안 사실 마음에 들지 않아 속이 많이 상했었다.

세희의 가정은 꽤 괜찮은 집안이고, 같은 수준 이상의 남자들을 만날 것을 종용해 왔기에 결혼 정보회사를 통해 남자들을 만나왔다.

하지만 만나는 남자들마다 자기 자랑이나 오만한 면이 더 강했던 게 사실이다.

한데, 이번 남자는 뭔가 달랐다.

묘한 자신감과 패기가 있지만, 겸손함과 자신을 낮추고 부족하다 하는 것이 있었다.

스펙 면에서도 집에서 원하는 수준 이상을 맞추고 있었던 것!

이번에 새로운 매니저를 만나면서 처음부터 이런 매력적인 남성을 만날 줄은 정말 생각도 못했기 때문이다.

"호호호, 말씀을 아주 잘하시네요. 저도 묻고 싶었던 것이 바로 그 이야기였는데 말이죠. 그럼 다른 질문을 할게요. 앞으로 여성을 만나도 일을 먼저 생각하실 건가요? 예를 들면… 저라든지요."

세희의 질문에 태수는 바로 대답을 했다.

“제가 그런 생각을 하고 있었으면 이 자리에 나오지도 않았겠죠. 무엇보다 세희 씨를 봤는데 다른 여성을 만날 필요가 있나요? 이 정도면 대답이 되었을까요?”

“호호호, 느끼하지만 충분해요. 좀… 부끄럽네요.”

세희는 태수가 한 말에 진심으로 만족하고 있었다.

처음 만나서 하는 이야기라곤 하지만 묘하게 신뢰감이 가고 설득력이 느껴졌다.

무엇보다 눈빛이 거짓을 말하는 것 같지 않아 마음에 들었고 입을 열 때마다 흘러나오는 중저음의 목소리가 가슴을 두근거리게 했다.

가슴에 귀를 대고 들으면 그대로 빠져들 것 같은 목소리라 여기며 세희는 살머시 얼굴을 붉혔다.

태수와 세희는 시간이 지날수록 점점 대화의 폭이 깊어졌고 바로 연인과 같은 분위기를 만들어가고 있었다.

대수의 입장에서도 세희가 마음에 들었는지 적극적으로 대화를 이끌고 있었다.

처음에는 버프의 힘에 의해 자신감이 넘치고 활력도 넘쳐 말을 꾸준히 이어나갔지만, 어느 순간부터 세희에게 스스로 빠져들어 말을 이어나갔다.

그리고 자연스럽게 그녀를 리드하기까지 했다.

민성이 걱정을 하는 것과는 다르게 태수는 아주 자연스럽게 세회와 만남을 자신의 뜻대로 끌어가고 있던 것이다.

하지만 한 가지 그가 알지 못하는 사실이 있었다.

버프 효과가 사라진 이후도 성공적으로 그녀를 이끌었다는 것을.

한편, 민성은 두 사람의 만남을 주선하고는 나왔지만 솔직히 조금은 걱정하고 있었다.

"버프를 주기는 했지만 설마 버프의 기운이 떨어진다고 변하지는 않겠지? 잘되야 할 텐데 어쩌려나."

처음으로 주선한 만남의 자리인데 처음부터 박살이 나면 곤란할 수밖에 없었다.

버프의 효능이 정확하게 어떤 것인지에 대해서는 민성도 온전하게 알지는 못한다.

자신이 소개받은 바에 따르면 일시적이기는 하지만 개인의 능력을 높여주고 체력도 향상시킨다고 하는데, 이 능력의 기준이 어디를 두고 있는지 알지 못하는 탓이었다.

"에이, 잘되겠지. 나올 때도 보니 아주 자연스럽게 대화를 하고 있었는데 설마 거기서 틀어지기야 하겠어?"

민성은 진심으로 잘되었으면 하는 마음으로 빌었다.

소영의 오빠라서가 아니라 국내에서 본격적인 커플 매니저로 활동하기 시작한 첫 단추나 다름없는데, 이게 틀어진다면 그것은 문제가 있었다.

일전, 철우가 자신에게 했던 말처럼 한 커플이 성공하면 그들이 그냥 있지 않는다고 했다.

커플 매니저의 중요함은 각 집안의 사람들이 얼마나 만족스러운 만남을 통해 결혼하고 화합하느냐에 달렸다.

부모들이 만족하고 자식들이 만족하는 결혼을 성사한다면 그것은 모두에게 축복임과 동시에 커플 매니저의 자산이 되고, 그에 대한 입소문이 된다.

그리고 그것이 바로 그의 돈과 경쟁력이 된다.

민성은 상류층의 인물들에게 좋은 인연을 만들어 주고 그들과의 인연을 만들어 가는 것을 잘 풀어나가고 있는 것이다.

우선 지금 시작하는 일이 성공하려면 반드시 커플을 만들어 주어야 한다는 것이 문제이기는 했지만 말이다.

그래도 민성은 크게 걱정하지는 않았다.

자신에게는 남들에게 없는 신비한 능력이 있었기 때문이다.

"아자, 아자, 다른 생각은 하지 말고 이제 성공할 생각만 하자. 그러면 모든 게 다 잘되리라!"

민성은 충분히 성공할 수 있는 자신감을 가지고 있었기에 힘을 내려 함성을 질렀다.

태수와 세희가 잘되면 절대 그냥 있지 않을 것이라는 확신을 가지고 있었다.

태수뿐만 아니라 세희의 집안도 결코 태수네 집안에 밀리지 않으니 자신에게 강한 우군이 되어주리라.

특히 태수의 입장에서는 자신이 은인과 다름없는 상황이 될 것이다.

그가 아는 인맥들이 자연스럽게 자신과 연결이 될 것이라는 판단도 섰다.

태수와 잠시 이야기를 해보았는데 태수는 의외로 상당한 인맥을 가지고 있었고 그중에 결혼하지 않은 남자들이 제법 많다는 사실을 알게 되었다.

또한 그들 중 결혼 정보회사에 소속된 이들도 있지만 만족하고 있는 이가 없다고 했다.

이번에 잘되면 이들을 소개해주겠다고 한 만큼 민성에겐 중요한 매칭이었다.

물론 아직은 구두상의 약속이었지만 말이다.

어쨌거나 민성은 두근거리는 마음으로 회사에 들어왔다.

하지만 그런 민성에게 싸늘한 눈초리로 바라보는 인물이 있었으니 바로 오미연이었다.

오미연은 민성이 정말 마음에 들지 않았다.

처음에는 자존심의 문제였는데, 이제는 작은 것 하나하나가 밉게만 보였다.

자신이 그토록 바라보고 주시하고 있는데 단 한 차례도 관심을 보이지 않는 사실이 그녀의 마음을 점점 변하게 하고 있었다.

그러나 민성은 오미연이 싸늘하게 자신을 보아도 전혀 신경 쓰지 않았다.

민성이 그냥 편하게 자리로 가서 앉는 것을 보며 오미연은 오만가지 인상을 썼다.

"두고 봐. 절대 가만히 두지 않을 거야."

오미연은 그런 민성의 태도가 정말 마음에 들지 않는지 이를 갈고 또 갈았다.

오미연은 커플 매니저를 하고 있지만 나름 인맥이 많아서 민성을 괴롭히려면 방법이 없는 것은 아니었다.

하지만 계속해서 민성이 자신을 무시하자 결국 오미연은 특단의 조치를 취하기로 결심했다.

오미연은 민성이 얼마나 강한 무인인지를 모르기 때문에 그런 것이지만 말이다.

어쨌거나 민성은 그런 오미연은 신경도 쓰지 않은 채 자리에 앉아 다음 주선을 위하여 고객 명단을 살펴보고 있었다.

"흠, 이 사람은 경제적으로 조금 어려운 상황인데 가입했군? 가장 낮은 등급으로도 힘들었을 텐데 말이지. 게다가 뭐야, 이 등급은……."

에이스 결혼 정보회사는 다른 곳들에 비해 가입 절차의 기준이 꽤 높은 곳이다.

일단 상류계층을 중심으로 접수하며 일정 기준에 다다라지 않는다면 가입 자체가 되지 않는 경우가 많았다.

한데 지금 눈앞에 놓인 남자의 스펙은 결코 가입할 만한 수준의 것이 아니라 조금 이상하게 여겨졌다.

이런 경우에는 누군가가 장난을 쳐서 그런 것이거나 아니면 실수로 정보는 누락한 게 아닐까 의심이 가는 대목이었다.

에이스 결혼정보는 나름 명성을 가지고 있는 업체다.

그에 맞추어 가입한 회원들도 제법 스펙을 요구했고, 그런 만큼 인물의 정보를 체크하는 것은 상당히 중요하여 누락이나 이렇게 기준 등급 이하의 인물이 나올 리 없어야 정상이다.

무엇보다 이렇게 등급이 낮은 인물이 A급으로 잡혀 있다니.

만약 이대로 누군가에게 소개를 해주게 된다면 일이 자칫하면 심각해질 수도 있는 상황이었다.

결국 누군가가 자신이 조사를 위해 가져온 서류들에 장난을 쳤거나 바꿔치기를 했을 수도 있다는 의미였다.

혹은 이전 담당자에게서 잘못 작업된 서류가 넘어왔거나.

"이건 뭔가 이상해."

민성은 서류를 보며 아직도 확인되지 않은 인물들에 대해 대대적으로 조사해야겠다는 생각을 하게 되었다.

회원들의 내부적인 조사는 하지 못해도 눈으로 보이는 부분에 대해서는 확실하게 해야 나중에 문제가 없었다.

소개하는 것으로 끝이 나는 것이 아니기 때문이었다.

앞서 살폈던 서류까지 포함하여 다시금 차분히 살펴보니 이상한 점이 눈에 띄는 서류가 한둘이 아니었다.

즉…….

"누가 장난을 쳐놨어."

민성은 이렇게 결론을 내리고, 서류중 문제가 보이는 것들을 우선 옆으로 빼두었다.

민성이 서류 정리를 하고 나니 남아 있는 사람들은 그리 많지가 않았다.

아마도 회사에서 기본적으로 제공을 하는 것이라 그런 모양이었나.

"쳇! 줄려면 제대로 된 정보를 주어야지, 이렇게 주면 어떻게 일하라는 거야?"

민성은 그렇게 투덜거리면서 철우에게 전화를 걸었다.

드드드─

"무슨 일이냐?"

"아니, 너 남자들 정보 좀 얻을 수 있는 곳을 알아?"

“왜? 회사 내 데이터베이스 제공해 주잖아.”

“그게 정보냐? 내가 보니 다 쓰레기들이더라. 게다가 아무리 봐도 수상한 점들이 보이는 서류가 너무 많아. 매칭하다 보면 사고가 터질 만한 정보들이라서 말이야.”

민성이 화를 내자 철우도 그런 점에 대해서는 아는지 입맛을 다셨다.

“내가 한 군데 알려줄게. 거기가 다른 곳보다는 정보에 대해서는 확실하다고 소문이 난 곳이야. 결혼 정보업체들을 상대로 하는 곳인데 나름 도움이 될 거야.”

철우는 그러면서 하나의 전번을 주었다.

민성은 철우가 주는 번호를 메모하였다.

그러다가 문득 하오문의 정보단체가 생각이 났다.

아직 한국에는 하오문의 인물들이 들어오지는 않았지만 중국인들은 제법 한국에서 자리를 잡고 있는 이들이 많다는 이야기를 들었기 때문이다.

“알았다. 그리고 고맙다, 친구야.”

“자식이 고맙기는. 열심히 해.”

철우와 통화를 마치고 민성은 철우에게 받은 연락처가 아닌, 하오문의 문주의 번호로 전화를 걸었다.

“여보세요?”

“서 문주님, 정민성입니다.”

"아, 고문님, 무슨 일이십니까?"

"거기 혹시 한국에 아는 분들이 좀 있습니까?"

"한국이라면 저도 아는 사람들이 있기는 합니다."

민성은 하오문주가 아는 인맥을 이용하여 자리를 잡으려고 하였다.

하오문의 정보단체이기 때문에 한국에도 나름 정보를 모으기 위해 많은 신경을 쓰고 있을 것이라고 생각이 들어서였다.

"제가 하는 일이 커플 매니저라 남자나 여자들 신상명세서가 있어야 해서 말입니다."

"아, 그 정도는 도움을 드릴 수가 있습니다. 하오문에 소속된 인물들 중 한국에서 생활하는 이들이 있어서 이들의 도움을 받으면 됩니다."

하오문주는 남녀의 신상에 대해서는 기본적으로 알고 있는 것들이 있는지 바로 대답을 해주었다.

"그래요? 그러면 바로 부탁할 수 있을까요?"

"알겠습니다. 그리고 한국에 우리 정보원이 있으니 제가 연락번호를 알려드리겠습니다. 거기에 연락하시면 기본적인 신상 정보는 바로 받아 보실 수가 있을 겁니다."

하오문주는 역시 민성을 실망시키지 않았다.

문주의 말에 의하면 한국에도 정보원들이 자리를 잡고 있

다고 하였는데 그들에게 연락하면 자신이 원하는 정보 정도
는 바로 받을 수가 있다고 했다.

이는 앞으로 민성이 하는 일에 커다란 도움이자 우군을 얻
었다 봐야 할 것이다.

"문주님의 도움에 감사를 드립니다."

"하하하, 우리 문의 고문님에게 그 정도의 도움은 당연한
겁니다."

하오 문주는 그런 정보라면 얼마든지 줄 수가 있다고 하였
다.

과거 하오문은 엄청나게 세심한 1급 정보까지 수중에 넣던
그런 단체로 무림에서 살아왔다고 한다.

오늘날 그 세력과 힘이 약해졌다고는 하지만, 여전히 하오
문은 일반적인 단체들이 힘을 쓰기 어려운 수준의 정보를 쉽
게 접근하고 있다고 한다.

물론 옛날에 비하면 그 수준이 뒤처진다고는 하지만, 결코
무시할 수 없는 힘이 있었다.

결혼하지 않은 처녀총각의 정보를 얻어내는 것이야 더욱
간단하리라.

민성은 하오문을 이용하여 자신이 힘들게 발품을 팔지 않
아도 된다는 생각에 아주 흡족해 했다.

이제 받은 정보를 가지고 움직이기만 하면 되기 때문이

었다.

하오문주는 이미 민성의 수하로 인식하고 있지만 말하는 것은 그냥 평소의 사람처럼 민성을 대하고 있었다.

다만 달라진 것이 있다면 민성의 말을 거절하지 못한다는 것이다.

"가만, 하오문의 정보력을 가지고 다른 일을 할 수도 있지 않나?"

민성은 하오문의 정보력이 한국에서도 만만치 않다는 것을 이번에 알게 되었다.

그러니 그런 정보력을 이용할 수 있으니 다른 것도 생각이 났다.

"에이, 한 가지만 열심히 하자. 이거만 해도 머리가 아픈데 말이야."

민성은 많은 생각들을 정리하게 되었다.

"정민성 씨, 오늘 만남을 주선한다고 하지 않았나요?"

실장이 민성이 있는 곳으로 와서 하는 이야기였다.

"예, 이미 성사를 시키고 두 사람만의 시간을 주고 오는 길입니다."

"아니, 매니저가 그렇게 성의 없이 움직여도 되는 건가요?"

민성은 실장이 갑자기 저러는 이유를 생각하고는 속으로 웃음만 나왔다.

"실장님, 제가 주선하는 커플이 좋은 마음으로 일을 진행하고 있던데 거기서 제가 더 이상 무슨 일을 해야 하나요?"

민성의 조리있는 대답에 실장은 바로 반박할 수가 없었는지 얼굴만 붉혔다.

그리고 사실 에이스의 회사 운영 지침에 따라 매칭을 진행 중에 있는 매니저에게 관여할 수 없기 때문이다.

개인이 스스로 알아서 일하는 것이라 실장이라고 해도 그들의 일에 왈가왈부를 할 수가 없는 일이었다.

다만 실적이 없으면 개입이 되겠지만 말이다.

하지만 민성은 아직은 신입사원이었기에 실장이 사사건건 개입해도 큰 문제가 없었다.

연수라는 개념이 여기엔 내포되어 있는 탓이었다.

아직은 세부적으로 알아야 하는 것들이 많았기 때문이다.

"정민성 씨는 우리가 하는 일에 대해 모두 알고 있다고 생각합니까?"

"그렇지는 않습니다. 하지만 커플을 주선하는 일은 실장님이 개입할 문제는 아니라고 생각하고 있습니다."

민성은 실장과의 선을 명확하게 긋고 있었다.

솔직히 실장이 자신에게 이렇게 할 이유가 없었기 때문이다.

단지 이유가 있다면 아마도 오미연과의 관계가 있기 때문이겠지만 말이다.

"정민성 씨는 아직 우리 회사의 신입사원이기 때문에 제 관리를 받아야 하는 상태라는 것을 아십니까?"

실장은 조금 화가 난 표정을 지으며 목소리가 거칠어지고 있었다.

실장은 민성이 이렇게 대놓고 말할 것이라고는 생각지 못한 모양이었다.

민성은 실장이 화를 내자 약간 곤혹스러운 표정을 하였다.

철우만 아니면 그냥 막나가도 되겠지만 친구가 깊은 친분을 가진 선배이자 형이기에 그럴 수도 없는 노릇이다.

"실장님, 저도 실장님과 이런 사이가 된 이유가 궁금합니다. 제기 회사에 출근해서 부당한 일을 한 것도 아닌데 어째서 저에게 이러시는지 모르겠습니다. 저도 커플 매니저로 최선을 다해 열심히 노력하고 있는 중입니다. 제가 맡은 커플에게 최대한 마음에 드는 상대를 연결해 주고 좋은 이야기를 듣고 싶어서 말입니다."

민성의 말에 실장은 지금 민성이 참 열심히 하려고 한다는 것을 인정했다.

하지만 그거는 민성의 일이었고 자신은 아니었다.

실장과 오미연이 원하는 것을 주기만 하면 별로 이렇게 문제를 만들고 싶지도 않은데 일은 자꾸만 꼬여갔다.

그래서 가장 최후의 방법으로 민성의 매칭에 직접 개입하여 압박하려 한 것이다.

그렇게 해야 민성이 마음을 바꿀 수 있을 것이라는 생각이 들어서였다.

"나도 민성 씨가 열심히 하는 모습은 보기 좋지만 지금 하고 있는 커플이 잘될지는 오로지 민성 씨의 노력에 따라 달라질 수가 있다는 이야기를 해주는 겁니다. 회사의 성의를 받아야죠. 안 그래요? 회사에 소속된 직원이니 말입니다."

실장은 열심히 말을 돌리고 있지만 민성은 실장이 중국 건에 대한 것을 주지 않으면 앞으로도 계속 이럴 것이라는 의미를 내포하고 있었다.

자꾸 유치하게 나오는 실장과 오미연의 상황에 민성은 짜증을 주체할 수 없었다.

그러나 지금 벌려 놓은 이들은 자신의 손으로 매듭 지어야 한다.

자신이 시작한 일은 마무리를 하고 싶기에 아직 그만두어선 안 된다.

복수를 위해 결혼 정보회사에 들어와 인연을 만들 생각을 했는데, 스스로 이를 차려서 활용해도 되는 문제다.

그러니 그만두어도 큰 문제는 없다.

만약에 그만두게 되어도 자신의 회사를 차리기엔 충분한 자금이 있지 않던가.

회사보다 자기 자신이 중요한 민성이지만, 지금 상황에선 잠시 발톱을 숨기는 게 나을 듯하여 민성은 태도를 누그러뜨렸다.

"알겠습니다. 실장님의 말씀대로 해보겠습니다."

민성이 결국은 철우를 고려해 고개를 숙였다.

하지만 이번이 민성의 입장에서는 친구에 대한 배려였고 한번 정도는 실장의 면을 세워줄 필요도 있는 게 사실이었다.

"그래요. 그러면 앞으로 두고 보지요."

실장은 민성이 자신의 말을 따라주자 더 이상은 말도 하지 않고 돌아갔다.

신입의 기를 죽였다는 것에 오늘은 만족을 한고 있었다.

앞으로 시간은 많이 남았기에 오늘은 이 정도로 마무리하려고 하였던 것이다.

실장이 돌아가자 민성은 속으로 한심하다는 생각을 하며 속으로 한숨을 내쉬었다.

'실장이라는 양반이 겨우 여자 때문에 자기 살을 팔 줄이야. 회사가 암담하군.'

　민성은 그렇게 생각을 하면서 실장에 대해서는 더 이상 신경 쓰지 않기로 마음속으로 결정을 내렸다.
　저런 인간과 더 이상 이야기를 해야 자신만 손해라는 생각 끝에 내린 결론이었다.

CHAPTER
04
주는 것이 있으니 받는 것이다

민성이 그렇게 생각하고 있을 때 전화가 울렸다.

드드드.

"네, 에이스 커플 매니저 징민성입니다."

"호호호, 오빠. 오늘 우리 오빠는 잘하고 있는 건가요?"

소영의 전화였다.

민성은 소영이 자신에게 호감이 있다는 사실을 알지만 아직은 여자에게 신경을 쓸 시간이 없다고 판단하여 거리를 두고 있는 중이었다.

"태수 씨? 오늘 아주 잘하던데. 혹시 잘못 알고 있었던 거

아냐? 여자가 완전 홀딱 빠지더라고."

민성의 대답에 소영은 의문이 들었다.

"무슨 소리예요? 잘하고 있다니?"

"말 그대로 오늘 한 여성을 만났는데 너무 자연스럽게 말을 하더라니까. 난 너희가 나를 속였나 싶을 정도였어."

민성은 자신이 버프를 준 것을 비밀로 하기 우해 이런 말을 하고 있었다.

"정말로요? 우리 오빠가 그럴 리가……."

소영은 민성에게 관심을 가지고 있어서 전화를 하였는데 갑자기 소재가 오빠에 대한 쪽으로 넘어가게 되었다.

그리고 소영이 아무리 남자에 미쳐 있다고 해도 결국 친오빠인 태수의 일을 모른 척할 수는 없는 입장이었다.

"그래, 태수 씨, 오늘 전세희라는 여성분을 만났는데 너무도 자연스럽게 대화를 풀어나가더라니까. 두 사람이 아주 자연스럽게 연인 같은 분위기를 만들어서 내가 자리를 피해줬어."

소영은 민성의 말이 도저히 믿어지지가 않았다.

자신이 아는 오빠는 그동안 많은 커플 매니저들을 만났지만 아직도 성사가 된 여자가 없었기 때문이다.

그리고 더 이상한 것은 오빠가 여자와 자연스럽게 이야기를 했다는 부분이었다.

“민성 오빠, 지금 한 이야기가 모두 사실이에요?”

“그래, 모두 사실이야.”

소영은 태수의 일이기 때문에 우선은 부모님에게 이 사실을 알려야겠다는 생각을 하게 되었다.

“알았어요. 그러면 우리 오빠는 지금 한참 데이트 중이란 소리겠네요?”

“그럴 거야. 오늘 만난 여성분이 아주 마음에 들어 하는 모양이고.”

민성의 말에 소영은 금방 말을 알아들었다.

“알았어요, 오빠. 나중에 연락할게요.”

“그래, 그렇게 해.”

소영은 민성과 통화를 마치고는 바로 부모님에게 이 사실을 알려주기 위해 움직이게 되었다.

그리고 가장 확실한 증거인 오빠에게 직접 확인하려고 하였다.

소영이 전화를 들어 오빠인 태수에게 연락을 하였다.

“어 소영아, 무슨 일이야?”

“오빠, 내가 지금 이상한 이야기를 들어서 그런데 오빠가 오늘 만난 여성과 자연스럽게 대화를 했다는 이야기를 들었어. 그게 진짜야?”

태수는 자신의 문제 때문에 그동안 집안에 계시는 부모님이나 동생이 마음고생이 심했다는 사실을 알기에 사실대로 이야기하려 했다.

하지만 아직 태수는 세희와 헤어지지 않은 상황이라 살며시 말을 흘려냈다.

"어, 맞아. 나도 이럴 줄 몰랐는데, 세희 씨라고 하거든? 근데 자연스럽게 내가 먼저 말이 나오고, 내 눈이 먼저 따라가게 되더라. 야, 나중에 통화하자."

세희를 바라보며 태수는 전화를 끊으려 이렇게 말을 돌렸다.

그런 태수의 모습을 바라보며 세희는 살며시 수줍게 웃으며 바닥을 보았다.

한편, 소영은 오빠의 말을 듣고도 이해가 가지 않아 한동안 정신을 차리지 못했다.

이건 세상이 개벽하고도 부족할 만큼 깜짝 놀랄 일이었다.

"오빠, 잠깐만. 나 이 얘기 아빠 엄마한테 그대로 전한다?"

"아잇, 알았으니까 나중에."

"알았어. 하지만 오빠 기분이 좋다고 선을 넘지 말고. 부모님 손주 기다리는 건 맞는데 새언니한테 신혼 초기부터 짐 넘기지 말기."

"얘, 얘가 못하는 말이 없네. 끊는다."

삐— 삐—

태수는 당황하며 얼굴을 붉히며 이렇게 전화를 뚝 끊었다.

반면 소영은 자신이 겪어본 적 없는 또 다른 오빠의 모습에 이세계에 떨어진 고등학생 같은 심정으로 멍 하니 손에 들린 전화만을 바라보았다.

"오빠… 맞지? 아니아니, 지금 이럴 때가 아니지. 부모님한테 이야기해야겠어."

잠시 넉을 잃었던 소영이 곧 정신을 추스르곤 서둘러 집으로 향했다.

이런 기쁜 소식은 부모에게 직접 전달해야 제맛이라는 게 그녀의 생각이었다.

소영은 집에 가면서도 도저히 믿어지지가 않는다는 표정이었다.

"세상에 세상에… 우리 오빠가 달라지다니……."

소영의 상식으로는 도저히 이해가 가지 않았기에 머리만 흔들며 집으로 향할 뿐이었다.

그날, 소영의 집안은 가족 모두가 한자리에 모여 태수가 돌아오길 바라며 현관만을 바라보고 있었다고 한다.

＊　　　＊　　　＊

다음 날, 소영의 집에서는 가족회의가 열렸다.

이 가족회의에 참석한 인원은 소영의 부모와 태수, 그리고 소영 이렇게 네 사람이었다.

그들의 이야기는 이번 매칭에서 만난 여인에 대한 이야기와 태수가 지금까지 숨기고 있던 과거에 대한 이야기, 그리고 민성에 대한 이야기였다.

태수가 지금까지 이야기하지 못했던 과거에 대한 이야기를 들은 부모는 그간 얼마나 태수가 마음고생을 했는지 잘 알 수 있었고, 민성의 한마디를 듣고 여인을 보았을 때 자신에게 어떤 일이 벌어졌는지를 이야기했다.

스스로 겪은 놀라운 변화와 그 기쁜 경험에 태수답지 않게 산만한 표현들이 제법 나왔지만, 핵심은 민성의 힘이 컸다는 것이었다.

"그러면 그 청년 때문에 태수가 변하게 되었다는 거지?"

태수가 말하기도 전에 소영이 끼어들어 말을 건넸다.

"저도 확실하게는 몰라요. 하지만 민성 오빠와 만난 때부터 태수 오빠가 그런 모습을 보인 건 확실했어요. 제가 봤는걸요."

태수의 아버지는 딸의 이야기를 듣고는 한참 생각하는 모습이었다.

사람이 갑자기 변할 수는 없는 일이라는 것을 알기에 생각에 잠긴 것이다.

"그래, 그 청년을 너는 어찌 알게 된 거야?"

"저도 그냥 현아가 아는 오빠라고 해서 알게 된 거예요. 아빠."

소영은 나이트에서 만나게 된 사람이라고는 할 수 없어 약간 거짓말로 둘러댔다.

"흠……. 현아의 소개였다면 나름 믿을 만한 사람이겠구나. 우선은 어쨌거나 사실이라면 나중에 그 친구를 한번 보도록 하자."

"아빠, 잘 생각했어요. 그 오빠를 조금만 도와주면 태수 오빠도 좋아할 거예요. 그쵸 오빠?"

소영의 말에 태수 또한 고개를 끄덕이며 동의를 표했다.

"저도 동감입니다, 아버지. 세희 씨 같은 멋진 사람을 소개해준 것도 그 사람입니다. 이런 경험은 정말 처음이었고요."

두 사람의 말을 들으며 입가에 작은 미소를 그리는 전민성 회장이었다.

전 회장은 맨몸으로 자수성가하여 탄탄한 중견 기업을 일으켜세운 사람이었다.

그만큼 고생하며 어려운 시절을 경험해 온 사람이라 아무리 어려움이 생겨도 노력하여 이겨내는 그런 불도저 같은 사람이었다.

그렇기에 지금의 회사를 만든 것이고 말이다.

그만큼 사람을 보는 눈도 정확한 사람 중 한 명이었다.

그런 전 회장이 딸인 소영이 하는 짓만 보아도 지금 무슨 생각으로 그런 이야기를 하는지를 금방 눈치채고 있었다.

'흠, 우리 딸이 이제 시집을 가야 하는 시기가 되기는 했네. 언놈인지 한번 만나는 봐야겠지? 그나저나 커플 매니저라……'

전 회장은 민성이라는 친구를 만나보기로 결심했다.

아들의 변화에 민성이라는 친구가 있다면 이는 다시 한 번 생각해볼 필요가 있다 여겼다.

사람의 마음을 변화시키고 태도를 바꾸는 말을 건네는 사람이 보통일 리 없다.

그 어떤 정신과 의사나 상담사도 얼어붙고 상처에 굳어버린 태수의 마음을 열지 못했는데, 그런 사람의 마음을 열어버린 민성이지 않은가.

이는 사람을 지배할 수 있는 힘을 지닌 자란 의미라는 게 전 회장이 생각한 결말이었다.

"재미있는 친구겠구먼."

전 회장이 슬며시 웃었다.

*　　*　　*

이처럼 민성은 자신도 모르는 곳에서 일의 전개가 바뀌고 있는 것은 알지 못한 채 한참 회원들을 만나기 위해 리스트를 정리하고 있었다.

그러던 와중 전화 한 통이 울려왔다.

태수였다.

드드드.

"여보세요?"

"전태수입니다. 바쁘십니까?"

"아, 안녕하세요! 어떻게 즐겁게 잘 보내셨나요? 세희 씨는 마음에 드는 사람이었다고 저에게 어제 연락을 주셨는데, 안 그래도 전화 드리려던 참이었습니다.

"오, 정말인가요? 정말 다행입니다. 사실 서로 이야기해서 오늘도 만나기로 되어 있어요. 하하. 이런 경험 신기하네요. 가끔 무서움이 몰려오다가도 세희 씨에 대한 두근거림 때문에 그런지 한없이 즐겁네요."

행복이 묻어나는 태수의 목소리를 들으며 민성은 안심한 얼굴로 전화를 맞받았다.

"하하하, 그렇다니 다행입니다. 태수 씨도 마음에 드셨단 이야기죠?"

"예, 아주 마음에 들다마다요. 그래서 안 그래도 말인데요. 제 친구들 하고 주변에 결혼에 관심있는 사람들에게 이야기해 봤는데 관심 가지는 사람이 꽤 되더라고요. 하하! 그리고 절차 순서가 바뀐 것 같지만, 가입 처리 부탁드리겠습니다."

태수의 말에 민성은 속으로 웃음이 나왔다.

아마도 버프의 힘으로 세희와 즐거운 시간을 보내고 그로 인해 좋은 사람을 만났단 사실에 고무되어 있는 것이 분명해 보였다.

어쨌거나 모든 게 다 잘되고 있지 않은가.

민성은 태수의 가입이 반갑기만 해서 바로 대답을 해주었다.

"그것과 관련한 모든 것들은 바로 조치를 해드리겠습니다."

"아차, 그리고 내일 시간이 되시면 우리 회사 근처에서 좀 만나고 싶은데 괜찮으십니까?"

"저야 시간이 되는데 무슨 일이신지요?"

"이번 일이 정말 고마웠기 때문에 그냥 있을 수가 있어야지요. 내일은 제가 식사를 대접하고 싶습니다. 물론 가입에 대한 이야기도 좀 나누고 말입니다. 저 이래 봐도 인맥이 상당한 놈입니다. 저를 아시게 되면 많은 사람들을 소개해 드리겠습니다."

"아이고, 그렇게까지 말씀하시는데 가야죠, 당연히. 내일 바로 가도록 하겠습니다."

민성의 말에 태수는 아주 흡족한 미소를 지었다.

자신이 진심으로 민성에게 고마워하고 있지만 그 은혜를 갚으려니 방법이 없었는데 친구들과 아는 동생들을 민성과 연결해 주면 되겠다는 생각이 들었기에 한 소리였다.

커플 매니저라는 직업이 우선은 청춘 남녀들을 많이 알고 있고, 그들이 혼기를 맞이하고 있다면 그것만큼 좋은 게 없다.

그걸 알기에 자신이 알고 있는 사람들을 소개해 주려고 하는 것이다.

그렇게 해야 자신의 마음이 조금은 가벼워질 것 같아서였다.

민성은 태수와 통화를 마치고 아주 즐거운 마음으로 퇴근을 준비하였다.

그런 민성을 보며 입가에 산인한 미소를 짓는 인물이 있었다.

민성은 그런 사실을 모르고 퇴근을 하였다.

아직 차를 사지 않아 대중교통을 이용하는 민성이었다.

"만약에 이번 일이 잘되면 이번에는 차를 사야겠다. 영 불편해서 안 되겠네."

민성은 태수의 일이 잘되면 차를 사려고 생각을 하고 있었다.

지금도 솔직히 차를 사려면 얼마든지 사고도 남을 돈이 있는 상황이지만, 그래도 차만큼은 일해서 번 돈으로 사고 싶었다.

능력이 없는 것도 아니고 많은 능력을 가지고 있으면서 빈둥거리는 것은 민성의 스타일이 아니었다.

그리고 무엇보다 복수를 위해 모으는 것들은 모두 철저하게 자신의 노력이 깃들여야 한다는 게 민성의 마음이었다.

민성은 집 인근 골목에 접어들었을 때 자신의 기감에 묘한 인물들이 잡혔다.

'누구지?'

누군지는 대강 눈치를 챘지만 이들이 자신을 찾을 이유에 대해서는 아직 몰랐기에 천천히 알아보려고 하였다.

민성을 기다리고 있는 사람들은 네 명의 건장한 체격을 가진 남자들이었다.

누가 보아도 나 건달이라는 포스를 풍기고 있는 인물들이었다.

민성이 골목길로 들어서자 네 명의 인물이 천천히 민성이 오는 길로 다가오고 있었다.

민성은 알면서도 모르고 가는 것처럼 연기하고 있었다.

"정민성이 맞나?"

남자들은 민성의 앞에 도착을 하자 물었다.

나이도 자신보다는 어려 보이는 놈들이 반말을 하자 기분이 상해 버렸다.

"내가 정민성인 건 맞는데 나이도 어린놈들이 함부로 부를 이름이 아니지."

민성은 그렇게 말하자 듣고 있던 네 명의 남자는 그런 민성의 반응에 어이가 없다는 표정을 지었다.

"아주 죽으려고 지랄을 하네. 어찌 되었든 우리 형님이 좀 보자고 하시니 가자."

그렇게 말하며 이들은 민성을 둘러싸기 시작했다.

데려오라는 의미에는 멀쩡한 상태로 데려오라는 의미는 포함되어 있지 않기에 그러했다.

민성은 이들이 누군가의 지시로 움직이는 것을 알았다.

"나를 보자고 하면 내가 가야 하나?"

"이 새끼가 정말 겁이 없네. 그냥 가자면 가면 좋잖아."

건달들의 태도에 민성은 아무런 말도 하지 않고 슬그머니 미소를 지었다.

이들에게는 과격한 처방이 필요해 보였다.

김호철에게 당한 이후 그에게 찾아온 변화 중 하나는 자신을 건드리는 자들에 대한 아량이 사라졌다는 것, 그 어떤 자보다 냉혹하게 그들을 대처할 것이란 점이었다.

　"좋아, 나를 데리고 오라고 하는 사람이 있다고 했으니 가보지. 안내해라."

　민성이 위축되지 않고 당당하게 말해오자 건달들은 뭔가 이상한 느낌을 받았다.

　그러다 보니 자신들에게 내려진 지령과 달리 온전한 상태 그대로 민성을 데리고 이동하기 시작했다.

　"그래, 그렇게 하면 얼마나 좋아. 가자."

　일순 건달들은 자신들이 바보가 된 것 같은 기분이 되었지만, 자신들의 형님이 계신 곳으로 가게 되면 모든 것은 변하게 될 것이기에 별 다른 걱정없이 이동했다.

　그곳에 가기만 하면 녀석은 바닥을 기며 위축된 모습을 보이게 될 것이라 여기며 말이다.

　그렇게 건달들을 따라 민성이 찾아간 곳은 유치권 문제로 개발된 뒤 폐가처럼 버려진 4층짜리 건물이었다.

　분양이 전혀 이루어지지 않고, 경매도 온전하게 처리되지 않은 탓에 을씨년하고 흉흉한 느낌을 주는 곳이었다.

　"저기로 들어가는 건가?"

　"그래, 안에는 형님이 기다리고 계시니 따라와라."

　건달들은 민성이 건물 안으로 들어가자 도주를 막으려 입구를 막고 민성을 이끌었다.

민성은 그런 놈들을 보며 피식 웃을 뿐이었다.

"그래, 가지."

앞장선 건달을 따라 주눅 들지 않고 당당히 걸어가는 민성을 보며 건달들은 지금 자신들이 데려가는 이가 협박을 받은 이가 맞는지 이해가 안 된다는 표정을 지었다.

그렇게 찾아간 건물의 3층.

그곳에는 여러 분양되지 않은 사무실들이 있었고, 그곳들을 건달들이 전부 차지한 채 들어서는 민성을 노려보고 있었다.

그렇게 그들이 3층 내 가장 큰 공간으로 민성을 데려가자 건물 밖을 바라보고 있던 사내를 향해 건달들이 소리쳤다.

"형님! 정민성이를 데리고 왔습니다!"

건달들의 말에 그 남자가 고개만 살짝 돌려 민성을 바라보았다.

그러더니 고개를 갸웃하곤 말을 이었다.

"그래, 수고했다. 그런데 어째 멀쩡하네?"

"예, 스스로 알아서 온 겁니다."

"크크크, 별종이로군. 그래, 수고했으니 그만 나가봐라."

"예, 형님."

건달들은 인사를 하고는 바로 밖으로 빠져나갔다.

민성은 그런 건달을 보며 이들에게 이런 일을 시킨 자가 누구인지를 생각했다.

아직 자신은 남에게 원한이 없다고 생각했는데 세상살이가 그렇지 않은 모양이었다.

"나를 불렀으니 왜 불렀는지 이야기해 줬으면 좋겠군그래."

민성의 말에 건달들 중에 한 명이 일어섰다.

"저 새끼가 아직도 상황을 파악하지 못하는 모양이네. 형님 제가 잠시 손을 좀 보겠습니다."

"그래, 적당하게 해라."

형님이라는 사내가 대답하자 앞으로 나선 건달이 인상을 박박 쓰며 민성에게 다가왔다.

덩치가 어지간해야 크다고 하는데 이놈은 크다는 이야기보다는 덩어리 같아 보였다.

먹고 살만 찌운 것인지 상당한 덩치를 자랑하고 있었다.

"아가야, 오늘 이 엉아가 조금 손을 봐줄 것인디 아파도 참아야 한다."

덩치는 그렇게 말을 하며 민성이 있는 곳으로 오면서 주먹을 휘둘렀다.

사무실이 그리 크지를 않아 어디 피할 곳도 없는 장소였다.

민성은 이들이 자신을 불렀으니 자신도 이들을 손봐줄 생각을 하고 있었다.

휘이익!

스스슥.

빠각!

"크아악!"

덩치는 주먹을 휘둘렀는데 오히려 민성의 발에 다리뼈가 부러지고 말았다.

건달들은 자신들의 동료가 당한 사실을 보며 놀라고 있었다.

"어쭈, 저 새끼 한가락 하는 놈이네?"

그중에 형님이라고 불리는 놈이 가장 먼저 입을 열었다.

"애들아, 잠시 놀아주어야겠다. 놈이 아직도 상황파악이 안 되는 거 같구나."

"예, 형님!"

건달들은 모두 자리에서 일어섰고 그 수도 작지 않았다..

민성은 건달들이 일어서자 제법 수가 된다는 생각을 하였지만 이들이 무섭게 느껴지지는 않았다.

아니, 솔직히 민성에게는 이런 놈들이 트럭으로 와도 문제없이 처리할 능력이 있었다.

"하나로 안 되니 이제 떼거지로 덤비냐?"

민성의 발언은 건달들에게는 아주 치욕스러운 말이었는지 이들의 인상이 달라졌다.

“저 새끼 주둥이를 완전히 뭉개 버려라.”

“예, 형님!”

건달은 대답과 동시에 몸을 움직였다.

그런데 이들은 덩치에 어울리지 않게 빠르게 움직이기 시작했다.

민성에게는 그래도 느린 거북이와 같았지만 말이다.

민성은 건달들이 달려들자 바로 공격에 접어들었다.

민성의 움직임은 일개 건달들이 상대할 정도의 공격이 아니었기에 이들은 속절없이 일방적으로 당할 수밖에 없었다.

빠각! 빠드득! 빠직!

퍼격! 퍽퍽!

“아아악!”

“크아악!”

“아악!”

민성은 일방적이지만 죽지 않을 정도의 위력으로 이들을 공격하였고 민성의 공격에 건달들은 크게 비명을 지르며 쓰러져 나갔다.

무려 일곱이나 되는 인원이 민성의 공격에 제대로 방어도 하지 못한 채 쓰러지는 데 걸린 시간은 고작 5분.

형님으로 불린 사내는 그런 상황을 보고 무언가 잘못되었다는 것을 느꼈다.

이제 남아 있는 사람은 자신이 유일했기에 겁이 났다.

"너… 너는 누구냐?"

"나를 부른 것은 너희이잖아? 자, 말해. 나한테 이런 짓을 하라고 한 놈이 누구냐?"

민성은 두목을 보며 물었다.

그리고 솔직히 지금 자신의 앞에 있는 두목이라는 놈을 보니 무언가 부족해 보였다.

기껏해야 행동대장, 못하면 그 아래 중간 관리 정도일 게 뻔했다.

그래도 명색이 건달들의 두목이라고 하면 배포도 있어야 하는데 자신이 보기에는 그런 모습을 찾을 수가 없어서였다.

민성의 질문에 건달 두목은 눈동자가 사방으로 굴리는 것을 보니 이놈이 눈치를 보고 있다는 사실을 알아차렸다.

"눈농자 굴러가는 소리가 여기까지 들린다. 다시 묻지, 배후가 누구냐. 말하지 않으면 아마도 평생 이런 생활을 두 번 다시는 하지 못하게 될 거야. 남자 구실을 못하게 만들든, 이 생활을 못하게 만들든 둘 중 둘을 선택하게 만들어주지."

민성의 목소리는 차가운 냉기를 풍겼고 두목이라는 놈은 그런 차가운 목소리에 몸을 떨었다.

"우, 우리도 정확한 배후가 누구인지를 모른다. 우리도 지시를 받고 움직인 것뿐이라고!"

민성은 이들이 약해 보이는 것을 보고는 금방 이해를 했다.

"그럼 어디 파 지시 받았냐?"

"영동파의 성철이 형님이 내린 지시다."

민성은 영동파라는 소리를 듣고는 대강 눈치를 챘다.

민성이 다니는 회사가 있는 곳이 바로 영동이었기 때문이었다.

"영동파 성철이라는 놈이 나를 린치하라고 지시했다 이거지?"

"리, 린치까지는 아니고 겁만 주라고 해서 데려온 것뿐……."

민성은 대강 무슨 뜻인지를 이해를 했다.

하기는 린치를 하라는 지시를 받았으면 집에서 자신을 바로 공격했을 것이라는 생각이 들었다.

"영동파의 성철이 놈 위치 어디야?"

두목은 민성의 질문에 바로 대답하지 못하고 있었다.

건달들 세계에서 배신이라는 말이 돌면 자신은 바로 죽은 목숨으로 봐야 한다.

민성은 건달들의 세계에 대해서는 어느 정도 알고 있기에 지금 두목이 왜 말을 못하는지를 알았다.

"다시 한 번 묻는다. 놈이 있는 위치는?"

민성의 목소리가 더욱 싸늘하게 변하자 바로 대답이 나왔
다.

"영동파는 영동시장에 있는 사층 건물이 본거지다."

그러면서 건물의 특이사항에 대해 모두 이야기를 해주었
다.

민성은 가만히 듣고만 있었다.

그 배후는 아마도 실장이 아니면 오미연이라고 생각이 들
었지만 확실하게 놈을 잡으면 알 수가 있을 테니 굳이 조바심
을 가지진 않았다.

민성은 모든 이야기를 듣고는 두목을 보며 조용하지만 싸
늘한 목소리로 이야기를 했다.

"지금 내가 가면 두 번 다시는 나를 찾지 마라. 그리고 영
동파에 연락도 하지 마라. 만약에 내 귀에 이상한 소리가 들
리는 날이면 너는 지옥이 무엇인지를 느끼게 해주마. 무슨 소
리인지 알겠지? 그리고 영동파에 연락하면 영동파에선 아마
널 파묻을 거다."

"아, 알았다. 절대 소문이 나지 않게 하겠다."

두목의 얼굴에는 두려움이 잔득 베어 있어 민성이 보기에
약속을 지킬 수 있을 것 같았다.

물론 그렇지 않은 놈도 있지만 만약에 이놈이 자신의 말을
듣지 않으면 그때는 진심으로 놈에게 죽음의 두려움을 느끼

게 해주면 그만이었다.

민성은 그렇게 생각했지만 그래도 혹시 모를 일에 대비하는 것이 좋다고 여겼다.

터벅터벅.

민성은 그렇게 옆에 놓인 철제 사무책상으로 다가가 손을 댔다.

두목 놈은 민성이 무엇을 하려는 건지 의아한 표정으로 바라보았다.

콰드득!

"커헉!"

두목은 민성이 손가락을 찔러넣어 철제 탁자를 뚫고 그대로 잡아 뜯는 모습을 보고 말았다.

이런 무시무시한 무력에 민성은 경악하며 새어나오는 비명을 애써 막았다.

털썩.

두목 놈은 자리에 주저앉아 덜덜 떨며 민성을 바라보았다.

그런 두목을 민성은 슬며시 미소를 지어 보여주며 손을 흔들어 보여주었다.

"이게 니 물건이다 생각하고 잘 생각해봐라. 해치진 않지만, 내 말 잊으면 이게 네 운명이라 생각하면 될 거야."

민성은 말을 마치고 뒤로 돌아서서 그 자리를 서서히 벗어
났다.
 하지만 두목은 어째서 계속 오금이 움츠러드는 기분이 드
는 것일까.

CHAPTER
05
오미연의 흉계

　영동파의 성철이라는 놈의 위치를 알아낸 민성은 밤중 놈
이 있을 장소를 향해 이동했다.

　김호철에게 배신 당한 이후, 민성은 자신에게 해코지하는
놈을 두고 편하게 잠을 잘 수 있는 그런 사람이 못 되었다.

　적에게는 공포심을 줄 정도로 독하게 대해야 상대는 자신
의 말에서 벗어날 수 없다는 것을 익힌 탓이다.

　교도소에서 자신들의 서열이나 위치를 정하는 데 한몫하
는 것은 그 사람이 얼마만큼 다른 이들을 제압하거나 흔들 수
있느냐가 중요하다.

적대적인 인물에게는 적당한 공포심을, 자신의 아군에게는 진심을 보여줄 때 힘이 되는 것이 건달의 세계라고들 이야기해주었다.

건달의 세계에 적을 담을 생각이 없는 민성이지만, 그때 가르쳐준 다른 죄수들의 이야기를 귀담아 들었기에 이런 논리를 잘 이해하고 있었다.

"영동파라……. 하기는 전부가 이번 일에 개입된 것은 아니겠지만 그래도 어느 정도는 책임을 져야 할 거야. 나를 이렇게 움직이게 하였으니 말이야."

민성은 그렇게 중얼거리며 영동파가 있는 곳으로 갔다.

두목 놈이 알려준 위치로 가니 그리 어렵지 않게 건물을 찾을 수가 있었다.

민성은 택시를 타고 이동한 뒤 일정 정도 떨어진 주거단지에 내려 이곳까지 찾아왔다.

그런데다가 타인의 시선을 철저하게 피하며 왔기에 그를 의심할 만한 뭔가를 남겨두지 않았다.

영동파의 본거지라곤 하지만 항상 많은 놈들이 모여 있는 것은 아니다.

기본적으로 그곳을 지키는 인물과 그때마다 상황에 맞추어 인원들이 있게 마련이다.

민성의 기감에 걸리는 인물들이 대략 삼십명 정도밖에 없었다.

다들 속된 말로 나와바리, 즉 자신들의 구역의 영업장들을 보살피고 있는 데다가 다른 조직과 얽히는 것을 대비한 일부 타격대원만 남은 상황이었다.

이를 확인하지 못한 민성으로선 인원이 자신의 생각보다 적다는 사실에 중얼거렸다.

"생각보다 적은데? 접근해야겠어."

민성은 그렇게 결정을 내리고 은밀히 건물을 향해 이동했다.

우선은 한 명을 잡아 성철이 안에 있는지를 확인하기 위해서였다.

특히 그곳은 건물 외곽에서 담배를 피우며 주변을 둘러보는 어깨 하나가 눈에 들어왔다.

민성은 조용히 한 남자를 제압하였다.

퍽!

"……."

남자는 민성의 공격에 아무런 말도 못하게 기절하고 말았다.

민성은 쓰러진 남자를 둘러메고는 조용히 사라졌다.

영동파와 약간 떨어진 곳에 이르러 사람들이 잘 다니지 않는 위치까지 오자 민성은 남자를 바닥에 내려놓았다.

툭툭.

민성이 몇몇 혈을 누르자 남자는 금방 정신을 차리게 되었
다.

"누, 누구냐?"

퍽퍽!

"컥!"

성철을 발견한 남자가 묻자 민성이 가볍게 몇 대 주먹질을
해주고 멱을 끌어 당기며 말했다.

"다른 소리하지 말고 그냥 묻는 말에만 대답해. 살려줄 거
니까. 건물 안에 성철이 있냐?"

민성의 말에 남자는 빠르게 주변을 살폈다.

자신이 있는 위치를 파악하기 위해서 눈동자가 사방으로
굴러가기 시작했다.

민성은 남자가 본능적으로 위치를 확인한다는 것을 알고
놈이 제법 잔머리를 굴리는 놈이라는 것을 금방 알았다.

퍽!

"끅!"

사내의 갈비뼈 바로 아래 옆구리쪽을 거세게 때린 민성이
재차 물었다.

"이번이 마지막 기회이니 잘 생각하고 대답해. 아니면 오
늘 이 자리에서 평생 불구로 살게 만들어 줄 거야. 성철이 안

에 있냐?"

민성의 목소리에 약간의 살기를 담아 묻자 놈은 굴러가던 눈동자도 멈추게 되었고 고통 속에 몸을 떨며 민성의 눈을 마주치지 못한 채 어쩔 줄 몰라했다.

놈에게는 엄청난 공포심을 주기 위해 살기를 흘렸지만 무공을 익히지 않은 일반인이 살기를 받으면 오줌을 지리거나 거품을 물고 기절하기까지 한다.

머릿속으로 스며든 공포심이 광기를 낳는 것이다.

그래도 놈들은 잔인한 경험을 눈으로 몸으로 배웠던 놈들이라 약하게 했을 뿐인데도 놈은 몸을 떨었다.

"성철 형님은 왜 찾는 거요?"

놈은 민성에게 약하게 보이지 않으려고 주먹을 강하게 쥐며 대답했지만, 그 말에 잔잔한 떨림이 있다는 것을 민성의 시선을 피할 순 없었다.

'제법 강단이 있는 놈이네?'

민성은 약간 의외라는 눈빛을 하며 놈을 보게 되었다.

"성철이라는 놈이 사주하여 나를 린치하라는 지시를 내렸다. 나는 놈의 배후를 알고자 싶은 것뿐. 그냥 편하게 이야기만 하면 돼. 나 말이야. 빡 돌면 안에 있는 놈들 모두 병신 만들 자신 있어. 알겠냐?'

민성의 몸에서 갑자기 엄청난 기세가 뿜어지자 놈은 숨이

턱하고 막히는 기분이었다.

그만큼 민성의 실력은 장난이 아니라는 것을 느낄 수가 있었다.

놈은 민성의 기세에 완전히 주눅이 들었는지 아까와는 다른 반응을 보였다.

"안에… 성철 형님은 계십니다."

민성의 기세에 눌려 대답했지만 그 안에는 제법 많은 영동파의 전력이 있기에 걱하는 눈치는 아니었다.

민성은 놈을 보며 입가에 미소를 지었다.

"그래, 그러면 잠시 쉬고 있어라."

퍽!

민성은 놈의 뒤통수를 쳐서 기절시켜 버렸다.

깨어 있으면 골치 아픈 일이 생길수도 있을 테니 처리한 것이다.

이런 일이 골치 아프게 꼬이면 손해 보는 것은 민성 자신이니까.

민성은 다시 영동파가 있는 건물로 갔다.

하지만 아까와는 다른 점이라면 이번에는 당당하게 건물의 입구로 걸어간다는 것이 달랐다.

민성은 건달들이 그냥 물러서지는 않을 것을 알고 있었기에 정면으로 상대할 생각이었다.

그런 민성의 손에는 삼단봉이 들려 있었다.

"흠, 오늘은 어느 정도로 이들을 손봐줘야 하지?"

민성은 손이 삼단봉만 들리면 세상에서 무서울 것이 없었다.

물론 맨손으로 해결할 수도 있었지만 손이 무언가가 잡혀 있을 때는 간단하게 해결을 볼 수가 있다.

육체적으로 부딪쳐야 하는 경우엔 자신의 흔적을 남기기 어려운 것을 활용하는 게 가장 좋다.

아직까지는 무공이라는 개념이 일반인들에게는 생소하기 때문에 남의 시선을 의식해서 삼단봉을 가지고 다녔다.

휴대하기 편하고 남들의 시선을 잘 피하면서도 탄탄하기에 오래 쓸 수 있다는 점에 휴대용으로 마련한 물건이었다.

민성이 입구에 도착했을 때 입구에서는 두 건달이 담배를 피우며 수다를 떨고 있었다.

그러던 와중 민성이 다가오는 걸 보고 한 건달이 돌아보며 말했다.

"어이, 거기 무슨 일로 온 거야?"

"여기 성철이 안에 있으면 나오라고 해라. 내가 볼일이 있다고 말이야."

민성이 성철이라는 이름을 부르자 두 놈은 깜짝 놀란 표정을 지었다.

"성철 형님을 만나러 오신 겁니까?"

갑자기 말과 행동이 달라지는 놈들이었다.

민성은 그런 두 놈을 보고 입가에 웃음만 나왔다.

이들에게는 사람의 평가는 누구를 아는 것에 달렸는지와 연결이 된다.

여기선 일말의 허풍을 섞어볼 필요가 있다고 민성은 느꼈다.

"그래, 어서 안에 전해서 나오라고 해라. 나 시간 없다. 친구놈 왔는데 문전박대하는 그런 놈 아니겠지? 빨리빨리 빨리! 후딱!"

민서이 하도 자연스럽게 말하면서 독촉하니 그중 건달이 된지 얼마 되지 않아 보이는 놈 하나가 빠르게 들어갔다.

약간의 시간이 지난 뒤 젊은 놈은 몇몇 남자와 함께 건물 밖으로 나오기 시작했다.

"어떤 놈이 나를 찾는 거여?"

아마도 성철이라는 놈인 것 같았다.

민성은 놈이 나오자 바로 움직였다.

시간도 없지만 말로 이들과 해결을 볼 생각이 없었기 때문이다.

스르륵

쉬이익! 빠각!

빡! 빠드득!

퍽퍽퍽!

"크아악!"

"커헉!"

"아아악!"

민성의 삼당봉은 그대로 춤을 추었고 그 덕분에 성철을 제외한 건달들이 모조리 당해 뼈가 부러지고 피가 튀었다.

그렇게 주변을 정리한 뒤 민성은 성철이란 놈의 다리를 두드려 부러뜨렸다.

이는 도망치지 못하게 하기 위해서였다.

성철과 그 일행이 당하면서 비명을 지르는 바람에 안에 있던 무리들이 저마다 연장들을 들고 튀어나왔다.

민성은 그런 놈들을 무심히 바라보며 삼단봉의 크기를 늘였다.

아식은 삼단봉의 크기가 그저 한 삼십 센티 자 정도의 크기였지만 민성이 다 뽑아내니 일 미터 정도의 길이로 늘어났다.

"어디서 기습한 거냐?"

"어떤 놈들이 공격한 거야?"

십여 명의 무리가 무기를 들고 나오는 모습을 보며 체계적이지도 못하고 허술하기까지 한 이들이 참 한심하게 보였다.

부른다고 그대로 부르러 들어가는 놈 하며, 그 이야기에 부하들 데리고 아무 생각 없이 나오는 녀석 하며…….

어쨌거나 추가로 나온 놈들은 바닥에 쓰러져 있는 이들을 보더니 그대로 민성을 노려보았다.

그중에 가장 상부에 있는 놈인지는 모르지만 한 놈이 나서며 물었다.

"왜 이들을 공격한 거지?"

"먼저 나를 건드렸으니 당연한 일이다."

민성의 대답에 남자는 약간 놀란 얼굴을 하며 민성을 보았다.

자신이 있는 영동파에 와서 저렇게 당당하게 행동을 하는 인물은 아직까지 보지 못했기 때문이었다.

"아무리 그래도 여기는 영동파의 본거지이다. 네 행동이 무모하다고 생각지는 않나?"

"오늘 영동파가 나에게 대항한다면 지워 버릴 생각으로 온 거니 덤비려면 모두 덤벼라."

민성은 시간을 끄는 것을 아주 싫어했다.

어차피 정리하려면 최대한 빨리 하는 것이 가장 좋은 방법이라고 생각했다.

남자는 어쩐지 민성이 서두른다는 느낌을 강하게 받았다.

남자의 뒤에 있던 건달들은 민성의 발언에 발끈해 있는 상태였다.

"아니, 저런 시벌놈이 우리 영동파를 어찌 보고 저런 소리
는 하는 거여?"

"저 개자식을 아주 죽여 버리제!"

건달들은 욕을 하면서 공격을 하려고 하였지만 남자가 가
만히 있어서인지 먼저 나서는 놈은 없었다.

남자는 이상하게 감이 좋지 않았기에 아직 공격을 하라는
지시를 내리지 않고 있었다.

이상하게 무언가 이상한 촉이 느껴져서였다.

"우리 영동파 전부에게 불만이 있는 거는 아닌 것 같은데
누구하고 문제가 있는 거지?"

민성은 남자를 유심히 보았다.

'제법 눈치가 있네?

민성은 영동파를 오늘 정리해 버리고 그 배후를 알아내려
했는데, 남자의 신중함은 굳이 그럴 필요가 없다는 걸 확실하
게 느끼게 해주었다.

그렇다면 이야기는 간단하다.

"나는 저기 성철인가 하는 놈에게 볼일이 있어 온 거야. 저
놈만 주면 그냥 물러나지."

민성의 말은 영동파의 인물들을 무시하는 발언이었다.

"아니, 저 새끼가 감히 여기가 어디라고 저따위 말을 씨부
렁대는 거여?"

“저 새끼가 미쳤나?”

건달들이 시끄러워지자 남자는 손을 들었다.

남자가 손을 들자 갑자기 조용해졌다.

“우리에게 원하는 것은 성철이뿐인가?”

“그렇지. 놈이 먼저 나를 건드렸기 때문에 온 거니 놈만 주면 그냥 갈게.”

민성의 음성에는 차가우면서 냉정한 기운이 담겨 있었다.

남자는 그런 민성의 음성을 듣고는 상당히 위험한 인물이라는 것을 감지하였다.

‘위험한 놈이야.’

한참을 그렇게 생각하다가 질문을 던졌다.

“무슨 일인지 들어볼 수 있나?”

“어, 저놈이 무슨 청부를 받았는지 모르지만 먼저 나를 린치하라고 지시를 내렸어. 그래서 그냥 둘 수가 없어 오게 된 거지. 이유는 이만하면 충분한 것 같은데 안 그래?”

민성의 말이 모두 진심이라는 것을 남자는 느낄 수가 있었다.

그리고 성철이 그런 지저분한 일을 하였다는 것이 남자를 화나게 하기도 했고 말이다.

“정말로 성철이가 그런 짓을 했나?”

“믿지 못하면 안 믿어도 되니 그냥 덤벼.”

민성은 아쉬울 것이 없다는 표정이었다.

그만큼 건달들에 대한 좋은 감정을 가지고 있지 않았기 때문이었다.

민성의 말에 남자는 화가 나기도 했지만 솔직히 민성의 태도도 마음에 들지 않았다.

너무 건방진 태도를 보니 그냥 부하들에게 공격하라는 지시를 내리고 싶었기 때문이다.

오늘 자신의 명령으로 인해 영동파의 미래가 결정이 된다는 사실을 모르고 말이다.

민성은 그런 남자를 보다가 천천히 성철이 쓰러져 있는 곳으로 움직였다.

민성이 성철에게 다가가자 남자는 그런 민성을 그냥 보고만 있었다.

이는 우선 민성의 말이 맞는지를 확인하고 싶었기 때문이다.

민성은 성철에게 다가가 발로 건드렸다.

툭 툭

"으 으 으……."

성철은 갑자기 받은 공격으로 다리가 부러졌지만 머리를 흔들며 정신을 차리려고 하였다.

"어이, 머리 그만 흔들고 누구에게 청부를 받은 거냐?"

성철은 아직 정신을 차리지는 못했지만 말은 알아들었다.

약간 눈빛이 흐리기는 했지만 대답은 하고 있었다.

"먼 소리여, 개자식아."

"아직 이게 정신을 덜 차렸나 보네. 아, 그리고 누군지를 말하지 않았네. 정민성을 공격하라는 청부를 누구에게 받은 거냐고. 이번에도 딴소리를 하며 남아 있는 다리를 분질러 버릴 거야. 잘 생각하고 대답해."

민성의 목소리에는 냉정하고 차가운 기운을 담고 있었다.

성철은 민성이 지금 농담이 아니라는 것을 느꼈다.

잘못하면 이거 양다리가 다 부러져 병신이 될 수도 있다는 생각이 들자 갑자기 겁이 덜컥 났다.

"정민성이가 누구냐? 그리고 나는 그런 청부를 받지 않는다."

"아, 이 새끼가 생각하고 말하라는 소리를 농담으로 들렸냐? 옥수동에 있는 동네 건달들에게 손 좀 봐주라고 청부를 해놓고 아니라고 하면 내가 믿을 것 같냐고."

민성은 그렇게 말하고는 성철의 다리로 손을 대려고 하니 성철은 기겁을 하고 말았다.

"오, 오미연! 그… 그거는 오미연이란 년이 부탁한 거야! 그냥 간단하게 손만 봐달라고 해서 한 거다. 정말이다!"

성철은 민성이 하는 이야기를 듣는 순간 오미연의 부탁 때문임을 알아차렸다.

하지만 이를 공개하지 않고 외면하려 했지만, 민성이 또 한 차례 자신의 다리를 부러뜨리려 하자 다급하니 소리친 것이다.

성철의 대답은 남자도 들을 수가 있었고 민성의 말이 모두 사실이라는 것을 알 수가 있었다.

성철은 영동파의 중간간부였기에 어지간한 일은 그냥 넘어 갈 수가 있었지만 청부는 달랐다.

잘못하면 조직을 모두 무너지게 만들 수도 있는 것이기 때문에 최대한 상의를 하고 결정하도록 조직 내부에 정해진 사안이었다.

한데 성철이 개인적으로 처리했다니 화가 나서 참을 수 없을 지경이었다.

남자의 반응에 대해서는 신경을 쓰지 않는 민성은 성철을 보며 다시 물었다.

"얼마 받기로 한 거야?"

"돈은 받지 않았다. 단지……."

"단지 뭐?"

"…그냥 일을 마무리하면 데이트를 약속했다."

성철의 이야기를 들은 민성은 정말 어이가 없었다.

오미연이 회사에서도 좋은 소문이 나는 여자는 아니었지

만 이런 곳에서도 같은 행동을 하고 있다는 것이 황당하기만
했다.

"그러니까 결국 청부를 받기는 받은 거네? 그치?"

"그… 그렇다."

성철은 오미연의 미모에 홀려 청부를 받은 기억이 나서는
어떨 결에 대답하고 말았다.

민성은 여자의 미모에 홀려 청부를 받은 놈을 어떻게 해야
할지 고민을 하다가 문득 남자를 보았다.

지금 남자는 화를 참고 있는 것이 눈에 보였다.

민성은 남자가 있는 곳으로 갔다.

"내가 한 말이 모두 진실이라는 것을 확인했으니 그 부분
에 대한 손해 배상은 영동파에서 해주었으면 좋겠어."

남자는 여자 때문에 청부를 받았다는 성철을 아주 죽이고
싶다는 생각이 들었는지 눈가에 살기를 가득 담고 있었다.

그리고 가장 중요한 일은 지금 눈앞에 있는 민성이라는 놈
이 만만치 않은 실력을 가지고 있다는 사실이다.

솔직히 모두 전력을 다하면 지지는 않겠다는 생각이 들었
지만 문제는 그런다고 해서 이득 볼 것은 없었다.

그러다가 문득 좋은 생각이 났는지 눈빛을 빛냈다.

"좋아, 우리의 실수라고 인정을 하지. 하지만 그냥 주면 나
도 체면이 있으니 우리 애들 중 한 명에게 실력을 보여주면

인정하고 보상을 약속하지.”

“호오, 그래? 누구야?”

민성은 남자가 눈빛을 빛내는 것을 보고는 무슨 생각으로 그런 이야기를 한지는 생각지도 않고 누구인지를 궁금해했다.

남자는 민성이 바로 대답하자 솔직히 놀라고 있었다.

아무리 자신의 실력을 자신하는 사람이라도 무언가 이상하다는 생각이 들면 조금은 빼는 경향이 있는데 민성은 그런 모습이 아니었기 때문이다.

민성이 허락하자 남자는 놀라기는 했지만 그래도 약속은 약속이기 때문에 바로 누군가의 이름을 불렀다.

“가서 대성이를 불러라.”

“예, 큰형님.”

한 건달이 빠르게 안으로 들어갔고 약간의 시간이 지나자 누군가와 같이 나오는 모습을 볼 수가 있었다.

민성은 대성이라는 남자를 보자 조금 놀라고 있었다.

대성이라는 남자는 일반인이 아니라 내기를 가지고 있는 무인이었기 때문이었다.

‘어? 내기?

민성이 놀란 이유는 무인이 아직도 존재하고 있다는 것에 놀란 것이지, 대성이 실력이 높아서 그런 것은 아니었다.

대성이라는 남자는 나오면서 남자를 보며 퉁명스럽게 말했다.

"나를 왜 부른 거요?"

"여기 있는 자와 한번 싸워주었으면 한다."

남자의 말에 대성은 민성을 보게 되었다.

그런데 그런 대성의 눈이 흔들리고 있었다.

이는 대성이 보는 눈에 민성의 실력이 가늠되지 않아서였다.

대성은 내기를 가지게 되면서 일반인들의 실력이 눈에 보였는데 지금 보는 민성에게는 그런 것이 보이지가 않아서였다.

'내가 잘못 본건가? 아닌데? 사부가 저런 인물은 조심하는 것이 좋다고 했는데 여기서 하지 않겠다고 하면 앞으로는 이런 대접을 받을 수가 없게 되겠지?

대성은 지금 영동파에 있으면서 상당히 호화스러운 대접을 받고 있는 중이었다.

이는 대성의 실력을 남자가 인정하고 그에 합당한 대우를 하고 있었기 때문이었다.

물론 대성도 대우를 받고 있으니 그에 따른 일도 해주었고 말이다.

대성은 갈등이 어린 시선을 하며 남자를 보았다.

하지만 결국 대성의 선택은 민성과 한 번 붙어보는 것으로
났다.

"알겠소. 그렇게 하지."

대성의 허락에 남자는 민성을 보았다.

민성은 남자의 시선에 입가에 미소를 지으며 고개를 끄덕
였다.

민성은 대성이 있는 곳으로 고개를 돌려 천천히 걸음을 옮
겼다.

뚜벅뚜벅.

민성의 발걸음에 대성은 긴장이 되었는지 자신도 모르게
신음이 터졌다.

"으음……."

민성은 어느 정도의 거리가 되자 멈추었다.

"자, 시작하지. 내기를 모두 사용해도 된다."

민성은 대성을 보며 내기를 사용하라는 말을 하였고 대성
은 그 말에 깜짝 놀라고 말았다.

"헉! 어떻게?"

"한국에서 내기를 익히고 있는 사람이 자신뿐이라고 생각
하고 있었나? 그렇다면 크게 잘못된 생각을 가지고 있다는 것
을 알려주지. 공격하지 않으면 내가 먼저 가겠다."

"자, 잠시만요. 내가 먼저 공격하겠소."

　대성은 비록 내기에 대한 이야기로 인해 놀라기는 했지만 자신도 무인이었기에 꼬리를 말 수는 없었다.

　대성은 빠르게 몸을 추스르고 민성을 보았다.

　대성의 발은 천천히 움직이기 시작했고 민성의 틈새를 찾는 모양이었다.

　민성은 대성이 익히고 있는 무공이 어떤 것인지를 확인하기 위해 대성이 공격하기를 기다리고 있었다.

　아직 한국의 무인들은 만나지 못했기 때문에 눈으로 확인하고 싶어서였다.

　쉬이익!

　대성은 민성의 옆으로 이동하다가 갑자기 공격을 시작했다.

　대성의 몸은 엄청난 빠르기로 민성의 다리를 향해 발로 공격을 가해왔다.

　퍅퍅퍅!

　민성은 대성의 공격을 차단하며 대성이 사용하는 무공에 대한 분석하기 시작했다.

　그런데 대성이 사용하는 것이 무공이기는 하지만 어딘가 어색해 보이는 부분이 많아 보였다.

　그리고 고전의 한국 무예가 아닌 중국의 무공과 짬뽕이 된 듯한 느낌을 강하게 받은 것이다.

‘흠, 이거는 고유의 무예가 아닌 것 같은데 이상하네?’

대성은 자신이 알고 있는 모든 무공을 사용하여 공격하였지만 상대에게는 아무런 영향을 주지 못하자 화가 났는지 갑자기 공격을 하는 방법이 달라졌다.

“이익! 이번에도 어디 받아보시오!”

대성은 화가 난 그 상태로 새로운 공격을 시작했다.

민성은 대성이 이제 본격적으로 공격에 접어들었다고 생각했다.

아마도 지금 하는 공격을 사문의 비기 정도로 숨기고 있던 것 같았다.

무인들은 사문의 비기들을 저마다 하나씩 가지고 있는데, 이는 목숨이 경각에 달하면 사용하라는 말이 있을 정도로 대부분의 이를 사용하지 않고 숨겨두는 경향이 있다.

지금 대성이 같은 경우에는 조금 달랐지만 말이다.

파파팍

대성의 공격술은 민성이 보기에도 아주 살벌하면서 빠른 공격술이었다.

아마도 일반적인 무인이었다면 저 공격술에 당할 수도 있겠지만 민성은 이미 그 정도의 수준을 벗어난 지가 오래되었기에 가볍게 대성의 공격을 받아주고 있었다.

“이게 끝인가?”

민성의 조롱에 대성은 화가 나서 미칠 것만 같은 기분이었다.

"이익! 절대 화가 난다! 나도 어지간하면 참으려고 했는데 이제는… 빌어먹을! 죽어라!"

대성은 최후의 비기를 사용하게 되었다.

이는 대성이 가지고 있는 내기를 모두 사용하는 것으로 폭발적인 위력을 가지고 있는 비기였다.

자칫하면 본인의 목숨도 위험해 질 수 있는 비기라 잘 사용을 하지 않는 무예였다.

민성은 대성의 공격이 갑자기 강하게 변하자 조금은 놀란 얼굴이 되었지만 이 정도로 자신을 위험하게 만들지는 못했다.

쫘르릉 꽝!

내기와 내기의 싸움이라 그런지 엄청난 굉음이 났다.

하지만 민성은 여유롭게 서 있는 반면에 대성은 완전히 지쳐서 언제 쓰러져도 모를 정도로 지쳐 있었다.

"헉, 헉, 헉 다, 당신… 누구십니까?"

대성은 최후의 비기를 사용하고도 상대를 건드리지 못하니 민성의 정체가 궁금해졌다.

"나에 대해 알고 싶다면 너의 능력으로 알아봐. 그리고 지금 한 공격술은 아주 마음에 들었다. 더 없나?"

"더 이상은 내가 아는 것이 없습니다."

"그러면 나의 공격술도 받아봐야지."

민성은 그렇게 말을 하고는 비고에서 익힌 하나의 공격술을 펼치기 시작했다.

이는 대성이 보고 새로운 것을 느끼라고 하는 마음에서 보여주는 것이었다.

민성의 손이 움직이는데 그 움직임에 슬로우 비디오처럼 움직이는 듯하더니 민성의 손은 벌써 대성의 가슴에 와 있는 것이 아닌가.

퍽!

"으윽!"

대성은 지금 민성이 자신을 공격하기는 했지만 부상을 입히지 않을 정도로 약하게 손속을 조절했음을 깨달았다.

그만큼 상대는 자신을 배려해주고 있다는 의미였다.

자신은 절대 저 사람의 상대가 아니라는 것을 알게 되었고 마지막으로 보여준 공격술은 환상처럼 대성의 뇌리 속에 박혀들고 있었다.

"도대체 어떻게 하는 겁니까?"

대성은 호기심과 궁금증에 도저히 그냥 있을 수가 없었다.

민성은 대성이 하는 말을 듣고는 피식 웃고 말았다.

"알고 싶으면 스스로 노력해라. 남에게 기대려고 하지 말고 자신이 익히고 있는 것이 얼마나 대단한 것인지도 모르면서 남의 것을 탐내지 말라는 말이다.”

민성은 그렇게 말을 하고 남자를 보았다.

남자는 민성과 대성이 싸우는 것을 보고는 절대적으로 적으로 만들어서는 안 될 이를 건드렸음을 깨달았다.

저런 무서운 상대에게 대항했다가는 조직엔 치명타로 작용할 게 분명해 보였다.

“자, 이제 어떻게 보상할 건지 우리 상담을 해볼까?”

민성의 말에 남자는 얼굴이 심각해졌다.

대성과 겨루는 것은 자신이 하라고 했기 때문이었다.

대성의 실력에 대해서는 남자도 확신을 가지고 있었는데 그런 대성이 너무도 쉽게 박살 나는 모습을 보았기에 이제는 민성을 대하는 것이 달라질 수밖에 없었다.

한편 성철도 민성과 대성이 싸우는 것을 보고 나서야 이용만 당했단 사실을 깨닫고 열이 받았다.

‘이런 미친년이! 저런 실력자라는 것을 알고도 감히 나를 이용하려고 했단 말야? 내가 그년을 그냥 두면 사람 새끼가 아니다.’

성철은 저렇게 무식한 작자에게 덤볐으니 당한 것이라는 생각이 들었다.

그러나 더 큰 문제는 저런 놈을 대상으로 자신이 이용당했다는 생각에 더 환장할 지경이었다.

그것도 자신의 순정을 밝히며 말이다.

성철은 혼자 그렇게 속으로 생각하고 있었다.

한편, 민성은 남자를 보며 입가에 묘한 미소를 지었다.

과연 어떻게 보상을 해줄 것인지를 알고 싶어서였다.

하지만 민성의 미소에 남자는 등에 식은땀이 흘러내리고 있었다.

"우리가 무엇을 주었으면 좋겠나?"

남자는 눈으로 보아도 민성보다는 연배가 위에 있는 사람이었다.

하지만 민성이 대놓고 반말해도 남자는 불만을 가지지 못하고 있었다.

"내가 원하는 것이 어떤 것인지를 아나?"

"우리가 그것을 알면 이런 이야기를 하지 않겠지."

"좋아, 그러면 지금은 그냥 가고 나중에 내가 하나 부탁하도록 하지. 부탁을 들어주는 걸로 충분하니 그리 어려운 일은 없을 거야."

남자는 민성의 말에 그리 어려울 것은 없다고 판단했는지 고개를 끄덕였다.

"그렇게 하지. 그런데 어떻게 연락을 할 생각인가?"

"그거야 당연히 나에게 명함을 줘야지. 귀찮게 찾아오기 그렇잖아? 껄끄러울 테고.”

　민성은 당연한 이야기를 왜 하는 것인지 모르겠다는 표정을 지으며 보았다.

　남자는 민성이 참 당당하고 뻔뻔하다는 생각이 들었지만 어쩔 수없이 품에서 명함을 꺼내주었다.

　“여기 있네. 나중에 부탁할 일이 생기면 연락을 하게.”

　이미 민성의 이름을 들었기에 더 이상은 이야기하지 않아도 되었다.

　민성도 남자가 하는 말에 고개만 끄덕였다.

CHAPTER
06
오미연 박살 나다

　민성이 돌아가려고 하자 대성이라는 남자가 갑자기 민성을 불렀다.

"저기 잠시만요!"

민성은 몸을 돌려서 대성을 보았다.

"무슨 일이지?"

"당신을 찾으려면 어떻게 해야 합니까?"

"나를 왜 찾으려고 하지?"

"나중에 아니, 제가 더 수련해서 당신을 만나고 싶습니다."

대성은 자신의 비기를 모두 사용하고도 민성의 상대가 되지 않는다는 것에 심하게 자괴감을 느꼈다.

그래서 마음속으로 화가 났고 더욱 열심히 수련해야 한다고 결심을 세운 것이다.

조금 늦은 감이 없잖아 있지만 마음을 다잡게 만들어준 민성에게 고마움과 질투심이 동시에 생겼다.

그리고 반드시 이겨야 한다는 생각도 들었다.

"나를 찾고 싶다면 저기 보이는 성철이라는 놈에게 물어보면 알게 될 거야."

민성은 그렇게 대답하고는 유유히 사라졌다.

민성이 사라지고 난 뒤에 영동파의 인물들은 빠르게 정리하기 시작했고 남자는 성철의 앞에 가서 성철을 보았다.

"혀, 형님… 죄송합니다."

성철은 자신 때문에 조직이 무너질 수도 있었다는 사실에 고개를 들 수가 없었다.

"죄송하다는 소리는 듣고 싶지도 않고… 이번 일에 대해 자세히 이야기를 해봐."

남자는 성철이 때문에 당한 것은 알지만 정확하게 이런 일이 왜 벌어졌는지를 알고 싶었다.

성철은 그런 자신의 형님을 보고는 한숨을 쉬면서 이야기를 시작했다.

한참의 설명을 들은 남자는 성철을 조금 한심한 얼굴을 하며 보았다.

"그러니까 여자 때문에 그런 짓을 했다는 이야기네?"

"죄송합니다, 형님."

"그 여자 때문에 우리 조직이 입은 타격은 어찌할 생각이냐?"

빠드득!

"그년이 저를 이용하려고 했으니 그냥 둘 수는 없습니다. …그 문제는 제가 알아서 처리를 하겠습니다. 형님."

남자는 영동파의 실질적인 보스인 돌주먹이라는 별명을 가진 진성배였다.

성철의 이야기를 들으니 아마도 여자가 성철을 유혹해서 넘어간 것 같았고 그 문제는 자신이 개입하기보다 스스로 해결하도록 하는 게 좋겠다는 판단이 들어 결국 허락해 주었다.

"알았으니 그 문제는 알아서 처리하도록 해라. 그리고 부상을 입은 애들은 병원을 옮기도록 해라. 너도 최대한 빨리 부상을 완쾌되어야 한다. 요즘은 강남이 시끄러워지고 있으니 말이다."

성철은 자신도 강남에 좋지 않은 상황이라는 것을 알기에 빠르게 몸을 정상으로 만들어야 했다.

"알겠습니다, 형님."

성철의 대답에 성배는 더 이상 말을 하지는 않았다.

또 한편, 대성은 민성이 떠나고 한참 생각에 빠져 있었다.

무인이 없다고 하였는데 지금 자신이 상대한 사람은 감히 자신 같은 놈은 바라보지 못할 경지에 있는 사람이었다.

어린 시절부터 스승에게 무공을 배우면서 현대에는 무공을 사용하는 사람이 없을 것이라는 이야기를 들었는데 이제는 그렇지가 않았다.

무인은 많았고 자신이 생각하는 이상의 실력을 가진 무인들이 많다는 것을 깨닫게 되었기 때문이다.

솔직히 자신이 익히고 있는 최후의 비기를 상대할 무인은 없을 것이라고 생각하고 그동안 자만심에 빠져 있던 나날이었다.

한데 막상 부딪쳐 보니, 자신은 그저 연못 속의 개구리에 불과한 존재라는 것을 알게 되니 마음이 달라졌다.

"저는 그만 가보겠습니다. 그동안 잘 먹고 갑니다."

대성은 성배는 보고 인사를 하고 떠나려고 하였다.

"어디를 가려고 하냐?"

"아직 부족한 것을 배우기 위해 갑니다."

대성의 대답에 성배는 잡을 수가 없다는 것을 알았다.

"나중에 마무리가 되면 연락해라."

"예, 저 갑니다. 수고하세요."

대성은 당장 스승님이 있는 곳으로 가고 싶었다.

하지만 그렇게 했다가는 아마도 자신은 두 번 다시는 나오지 못할 것 같아서 민성을 찾아가려고 하였다.

그런 실력을 가진 사람이라면 자신의 수련에 충분히 도움을 줄 수가 있을 것이라는 판단에서였다.

배움은 누구에게나 주지만 문제는 그 대상이 얼마나 열심히 하는지에 달렸다고 하는 스승의 말이 생각이 났다.

"나는 결국 제대로 무공에 대해 알지도 못하면서 시답잖은 건방만 떨었던 거구만."

대성은 그렇게 생각하니 창피해서 얼굴을 들 수가 없었다.

대성은 성철에게 민성에 대한 질문을 하였고 그에 대한 정보를 가지고 떠났다.

늦은 밤 자신의 집에 다다른 민성은 한창 오미연에 대한 생각에 잠겨 있었다.

"도대체 그년은 나를 어떻게 보았기에 그런 거지?"

민성이 보기에 성철이라는 놈이 절대로 그냥 있지는 않을 것 같았다.

자신이 오미연에 대해 죄를 묻지 않아도 알아서 처리할 것이라고 보고 있었다.

건달들을 이용해 먹으려 했으니 아마도 좋게 일이 끝나지는 않을 것은 분명하다.

덕분에 민성은 오미연에 대한 생각은 바로 정리할 수 있었
다.

그런 여자 때문에 고민을 하는 것조차도 시간 낭비라는 생
각이 들어서였다.

그러니 이제 중요한 것은 내일 만날 태수에 대한 생각이었
다.

"내일 만나면 친구들을 소개해 주겠다고 했는데 어떻게 하
는 것이 가장 좋을까? 그리고 태수의 친구들을 소개 받으면
그만한 인맥을 필요로 하는데, 뭔가 정보가 필요해. 정보…
정보……. 하오문……?"

민성은 태수의 친구들이 재계에서 상당한 위치를 차지할
것이란 예측을 했다.

그렇다면 거기에 걸맞은 인물들을 체크하고 그들에 대한
정보를 모을 필요성이 생긴다.

그러다 문득 그 인원들에 대한 정보를 모아줄 사람들을 궁
리하다가 하오문을 떠올린 것이다.

생각이 여기까지 미치자 민성은 바로 하오문의 정보력을
관할하는 곳에 전화를 했다.

드드드―

"여보세요?"

"정민성이라고 합니다."

“아, 고문님, 연락 받았습니다. 무엇을 도와드려야 하는지
요?”

“다름이 아니라 정치인의 자식들에 대한 정보가 필요해서
요. 만남을 가질 수 있어야 합니다. 그리고 혼인할 사람을 물
색하고 있는 이들이라면 더욱 좋습니다.”

“예, 대충은 이야기는 들었습니다. 한국에 있는 정치인의
자녀 중 결혼을 하지 않은 사람들은 제법 많습니다. 고위 관
료들까지 포함하면 더 늘어나고요. 어느 정도 하오문에서 그
들에 대한 정보를 다년간 모아온 것들이 있습니다. 그러니 제
가 바로 조치를 취해 드리겠습니다.”

민성은 하오문이 이미 자신의 이야기를 듣고는 이미 모든
준비와 정보의 정리를 마쳤음을 알아차렸다.

자신의 이야기에 바로 조치를 취하겠다 말하는 걸 보니 이
미 대기하고 있었던 게 틀림없었다.

“좋습니다. 바로 해결이 된다고 하니 아주 기분이 좋네요.
그러면 언제 연락을 주시겠습니까?”

민성은 태수를 만나면 바로 소개를 받을 것이라는 예상에
하는 소리였다.

사람을 만나는 자리에서 바로 이야기를 해주는 것과 그렇
지 않은 것에는 차이가 상당히 많이 나게 되기 때문이다.

“오늘 바로 정리하여 내일 아침에는 자택의 입구로 가서

서류를 드리겠습니다. 그리고 그들의 상당수는 고문님의 업체에 가입 신청이 되어 있는 사람도 있고, 가입하려고 이리저리 알아보는 사람들이 많습니다. 좋은 일이 되길 바라겠습니다."

"알겠습니다. 그럼 부탁을 드리겠습니다."

민성은 아주 밝은 음성으로 대답을 했다.

국내에 있는 모든 상위 일 퍼센트의 인물들에 대한 정보를 얻을 수 있게 되었으니 자신이 생각해도 아주 마음에 들어서였다.

이 정도의 정보라면 앞으로는 걱정이 없을 것 같아서였다.

특히 태수가 소개해 주는 친구들에 대한 안심이 되자 민성의 입에서는 묘한 미소가 그려지고 있었다.

다음 날!

민성이 집을 나서 회사로 출근하려는 중 어느 한 추레한 옷차림의 중국인이 민성의 곁으로 다가왔다.

"서류가 필요하십니까?"

어눌한 한국말에 민성은 바로 그가 하오문에서 나온 인원임을 알아차렸다.

민성이 고개를 끄덕이자 그 사내는 자신이 들고 있는 서류봉투를 건네곤 조용히 묵례를 하고 사라졌다.

이처럼 기이한 경험과 함께 민성은 새로운 아침을 맞이

했다.

"정민성 씨, 오늘은 스케줄이 어떻게 됩니까? 당장 보고서 작성해서 올리도록 하세요."

민성은 실장이 이제는 대놓고 자신을 갈구기 시작하자 진짜로 화가 나기 시작했다.

개인 매칭과 관련한 스케줄은 매일 보고하는 게 아니라 일주일 기한을 정리하여 후보고 하는 것이 원칙으로 되어 있는 에이스의 특징이다.

한데 오늘 일정을 보고하라는 것은 그대로 자신을 갈구겠다는 의미 그 이상도 이하도 아니었다.

"제가 왜 그런 이야기를 해야 합니까? 그리고 마음에 들지 않으면 그만두라고 하세요. 언제든지 그만두라고 하면 그만두겠습니다."

민성이 대자세 그만두겠다는 이야기를 하자 실장은 더 이상 민성에 대해서 말을 하지 않았다.

하지만 명색이 에이스의 실장인 자신에게 대놓고 항명하는 모습을 보니 기분이 좋을 수가 없었다.

"정민성 씨, 그러면 맘대로 하세요! 오늘부로 퇴사 처리를 하겠습니다."

"알겠습니다. 그만두지요."

민성은 그렇게 대답하고는 바로 자신의 물건을 챙겼다.

실장은 그렇게 말하면 조금은 숙일 것으로 생각했는데 그만두겠다고 하며 자신의 물건을 챙기는 것을 보니 정말 답답하기만 했다.

민성은 실장의 말대로 그만둔다고 했기에 자신의 물건을 빠르게 정리를 했고 마무리가 끝나자 바로 자리에서 일어섰다.

민성이 있는 자리는 신입사원들이 모여 있는 자리였기에 민성이 하는 소리를 모두가 듣고 있었다.

실장의 지시라 아무도 말을 하지는 않았지만 그 눈빛에는 불만들이 가득 담겨 있었다.

민성은 짐을 챙기자 간단하게 인사를 하였다.

"저는 그만두지만 다른 분들은 좋은 결과가 있었으면 좋겠습니다."

민성은 그렇게 인사하고는 짐을 들고 사무실을 빠져나갔다.

한편, 철우는 오늘 약속이 있어 바로 출근하지 않았기에 민성이 그만두는 것을 모르고 있었다.

민성은 실장에게는 인사도 하지 않고 경리를 보는 아가씨에게만 자신이 그만두니 서류를 정리해 달라고 요청하고는 그대로 회사를 빠져나갔다.

　반면, 오미연은 그런 민성을 보며 속이 시원하다는 생각을 하였다.

　"호호호, 결국 그렇게 나가게 되네. 감히 나에게 대항하면 그렇게 되는 거다."

　오미연은 실장이 거래로 인해 결국은 최후의 결정을 내린 것으로 오해하였다.

　그런 오미연과는 다르게 실장은 지금 상당히 곤혹스러운 표정이었다.

　정말로 그만둘 것이라고는 생각지 못했기 때문이었다.

　철우의 소개로 만났지만 능력도 제법 좋고 열심히 하려고 하는 인재였기에 그런 인재를 그만두라고 하였으니 마음이 좋지만은 않았다.

　"철우 놈 들어오면 난리를 치겠네."

　실장은 그렇게 생각을 하며 자신의 사무실로 들어갔다.

　더 이상은 이 자리에 있고 싶지가 않아서였다.

　민성은 사무실을 빠져나오면서 후련한 마음으로 주위를 둘러보았다.

　소개해준 철우에 대한 예의가 있어 지금까지 버텼지만, 이젠 그럴 필요가 사라졌다.

　"그래, 차라리 잘됐군. 새롭게 회사를 만들어서 나만의 회사를 만들면 되겠어.”

민성은 타인의 회사에 목매고 있는 것보다는 지금처럼 자유롭게 일할 수 있는 편이 좋다고 생각해서 기분이 한결 나아졌다.

문제는 회사를 여는 것이 문제가 아니라 직원이 있어야 한다는 것이 문제였지만 말이다.

우선은 혼자 움직이면서 차차 사람들을 모집하는 것으로 가자는 생각을 하며 민성은 집으로 향했다.

오늘 어차피 태수를 만나야 하기 때문에 가장 먼저 집으로 가서 명함을 새로 만들까 한다.

이번에는 직원이 아닌 실장으로 명함을 준비하려고 하였다.

빠른 명함 제작을 해주는 회사에 가게 되면 최소한 1시간 정도면 바로 명함 제작이 가능하니 시간적인 여유도 있었ㄷ.

민성이 태수를 만날 준비를 하면서 사무실도 알아봐야겠다 생각했다.

“우선은 하오문의 사람을 이용하여 사무실을 구하고 사람들도 모아봐야겠어.”

사무실이 있으면 최소한 전화 받을 사람은 있어야 했기 때문이었다.

하오문은 그런 일에 대해서도 일가견이 있기 때문에 사람을 구하는 것은 그리 어렵지 않을 듯했다.

민성은 회사의 이름을 원더풀이라고 정했다.

상호를 정하자 민성은 빠르게 하오문에 연락하여 회사의 설립부터 경리를 볼 사람까지 모두 구해달라는 이야기를 하고는 자신은 바로 명함을 준비하러 움직였다.

그리고 약 1시간 반 정도가 지나고 민성이 명함을 넘겨받았을 때 하오문에서 연락이 왔다.

"고문님 모든 준비를 처리하였습니다. 사무실은 강남으로 정했습니다. 총본에 계신 문주님이 지원을 해주시는 바람에 멋진 사무실을 구하게 되었습니다. 그리고 여자 직원은 지금 바로 출근할 수가 있습니다."

민성은 전화번호와 주소는 이미 받았기에 명함을 준비할 수가 있었는데 사무실이 벌써 준비하였다는 보고에 역시 하오문이라는 생각이 들었다.

"수고하셨습니다. 역시 하오문의 일처리는 신속해서 아주 마음에 듭니다. 다음에는 문주님에게 오늘 있었던 일들에 대해 이야기를 해드리지요."

"감사합니다, 고문님."

이들은 하오문의 총본에 있는 문주에게 직접 이야기를 해주겠다는 민성의 말에 감지덕지한 표정을 하고 있었다.

감히 자신들은 바라보지도 못하는 위치에 있는 사람이 바로 문주였기 때문이다.

민성은 하오문의 도움으로 태수를 만나기 전 모든 준비를 마칠 수 있게 되었다.

잠시 후 태수를 만나도 조금은 어깨에 힘을 주고 만날 수가 있을 것 같아 민성도 기분이 좋아졌다.

이제 본격적인 시작이었다.

민성이 태수와 만나기로 한 장소에 도착했을 때 태수는 이미 민성을 기다리고 있었다.

그런데 태수의 옆에는 다른 인물들이 함께하고 있는 것을 볼 수 있었다.

민성은 태수에게 다가가 가볍게 인사를 하였다.

"안녕하십니까."

"어서 오세요, 민성 씨."

태수는 민성을 보고 아주 반갑게 맞이해 주었다.

민성도 그런 태수를 보며 입가에 미소를 머금었다.

"이렇게 반갑게 맞이해 주시니 이거 몸 둘 바를 모르겠습니다. 하하하."

"반가울 수밖에 없지요. 나에게는 은인과 같은 분이신데요. 자, 여기는 제 친구입니다."

태수가 소개하자 두 명의 남자는 각자 자기소개를 했다.

"김성원입니다. 반갑습니다."

"예, 반갑습니다. 저는 정민성이라고 합니다."

"김대호라고 합니다. 이거 오늘 아주 멋진 분을 소개받는 군요. 아무튼 반갑습니다."

"하하하, 고맙습니다. 정민성이라고 합니다."

민성은 두 사람과 아주 기분 좋게 인사를 나누었다.

이제 인사를 마치고 자리에 앉자 태수가 먼저 입을 열었다.

"만약에 오늘 다른 곳에 약속이 있으시면 바로 전화를 해서 못 간다고 하세요. 오늘은 제가 선약한 거니 말입니다."

태수는 입가에 미소를 지으며 오늘은 자신과 시간을 보내자고 하였다.

"하하하, 그렇게 말하시니 이거 겁이 납니다. 다행히도 제가 오늘은 선약이 없으니 안심이 되는군요."

민성도 말발은 남에게 밀리지 않을 정도로 잘하는 편에 속했다.

태수의 친구들은 그런 민성을 보며 처음이지만 첫인상이 좋다고 생각하고 있었다.

사람을 소개 받는 자리가 이들에게는 아주 익숙하게 느껴져서 그런지 아주 편하게 대하고 있었다.

"민성 씨, 하시는 일이 커플 매니저라고 들었습니다."

"예, 맞습니다."

"오늘 저희가 이 자리에 나오게 된 이유는 바로 태수 때문입니다. 태수가 말하기를 민성 씨를 만나 괜찮은 여성분을 사귀게 되었다고 난리도 아니었거든요. 이 친구가 말이죠. 게다가 자신의 고질병을 고쳤다고 했는데 맞나요?"

민성은 태수가 무슨 이야기를 했는지는 모르지만 일단 자신이 도움을 준 것은 사실이었기에 인정할 것은 인정하고 아닌 것은 아니라고 하는 게 맞다고 생각했다.

"제가 도움을 드린 것은 사실입니다. 하지만 고질병을 고쳤다는 이야기는 조금 와전이 된 것 같습니다. 제가 의사도 아니고 고질병을 어떻게 고칠 수가 있겠습니까. 그 부분에서는 약간의 오해가 있는 것 같군요."

"그런가요?"

두 남자는 민성의 말을 들으며 고개를 끄덕였다.

사실 태수가 한 이야기를 모두 믿는 것은 아니었다.

어느 정도는 신빙성이 있기는 하지만 그동안 태수가 어떤 어려움을 겪고 있다는 말을 들었지만, 그게 무엇인지는 잘 모르고 있었던 그들이다.

"그 문제는 넘어가고요. 민성 씨가 소개해 준 여성이 태수의 마음에 들었다고 하는 이야기를 들었는데 저희는 좀 어떤 거 같으세요? 안 그래도 요즘 중매 압박이 너무 심해서……."

"저희 회사에 회원이 되시면 충분히 가능한 이야기지요."

"그 회원을 가입하는 것에 자격이 있나요?"

"물론 있습니다. 첫째, 신원이 확실해야 하고요. 두 번째, 직장을 다니고 있어야 하고요. 세 번째 몸이 건강해야 합니다. 이렇게 세 가지만 충족이 되면 회원에 가입할 수가 있습니다. 참 쉽죠?"

민성이 하는 이야기를 들은 두 남자는 어이가 없다는 표정을 지었다.

태수도 민성의 말에 입가에 미소를 지으면 웃기만 했다.

"하하하, 민성 씨가 한 이야기에 모두 충족이 되는 놈들이네요. 그럼 이 자리에서 다들 처리하죠."

태수는 친구들이 가지고 있는 스펙이 만만치 않기에 민성에게 도움을 주려 꺼낸 이야기였다.

태성은 태수의 말에 고개를 흔들었다.

"태수 씨, 미안하지만 바로 가입은 힘듭니다. 우선은 가입에 관한 서류를 작성하셔야 하고 우리가 그 서류를 보고 조사하고 통보해 드리니 말입니다. 만약에 서류를 거짓으로 작성하시면 저희만 곤란하니 말입니다."

"의외로 까다롭게 구는군요."

"결혼은 단 두 사람만의 문제일 수도 있지만, 반대로 두 가족이, 두 세계가 합쳐진다는 의미는 아니겠습니까? 그러니 서로에게 잘 맞는 짝을 찾으려면 필요한 일이라 생각해 주시면 됩니다. 조만간 두 분은 제가 따로 찾아뵙겠습니다.”

민성의 말에 두 남자는 기분이 나쁘면서도 한편으로 확실하게 일을 처리하는 민성에게 믿음이 갔다.

저렇게 한다면 절대 사람들에게 거짓된 이야기를 하지 않을 것이라는 확신이 있어서였다.

자신들이 소개를 받을 여자도 저렇게 확실하게 조사한 사람일 것이라는 생각이 들자 기대감이 퍼져나갔다.

“상대에 대한 조사가 확실하면 만나는 상대가 믿음을 가질 수가 있겠군요.”

“예, 처음에는 그런 말을 하면 기분이 나빠 하는 분도 계셨습니다. 하지만 지금은 달라졌지요. 자신이 그렇게 조사를 받았는데 만나려는 상대도 마찬가지라는 생각을 하시게 되죠. 그러니 믿을 수가 있다고 판단하시게 됩니다. 저희는 믿음과 신뢰가 가장 중요하다고 생각하고 있습니다.”

민성의 이야기에 두 남자는 고개를 끄덕이고 있었다.

실질적으로 서로가 믿을 수 있는 위치고 거짓이 없다면 충분히 만남을 유지할 수가 있다는 생각이 들어서였다.

“저는 민성 씨가 하는 말이 왠지 믿음이 가니 회원 가입을 하고 싶어지는군요. 나중에 연락 주십시오.”

민성은 그들을 보며 입가에 미소를 지으며 자신의 명함을 주었다.

"여기 제 명함입니다."

민성의 명함을 받은 두 남자는 눈이 동그래졌다.

"직접 운영하시는 건가요?"

"하하하, 눈치채셨네요. 이번에 제가 회사를 따로 차렸습니다. 회원분들이 하도 직접 하라는 말을 하셔서 이렇게 되었습니다."

민성은 자신이 하고 싶어 그런 것이 아니라 회원들이 그렇게 요구에 어쩔 수 없이 그렇게 되었다고 말했다.

물론 약간의 거짓말이 있기는 하지만 말이다.

"이거 사장님이 직접 챙겨주시는 곳이라면 가입 안 할 수 없겠군요. 기대하겠습니다. 하하하."

남자는 그렇게 웃으면서 말하였고, 태수는 민성이 이제는 사장이라는 말을 들으니 마음이 편해졌다.

사실 친구들을 소개하는 것이 조금은 마음에 걸렸는데 이제는 그럴 필요가 없다는 생각이 들었다.

"아니, 회사를 차렸으면 말을 하시지, 왜 아무 말씀도 없으셨어요."

"하하하, 그렇게 되었습니다. 태수 씨를 만날 때 이미 준비하는 와중이라 확실하지 않았거든요. 이해해 주세요." 민성의 대답에 태수는 충분히 이해가 가고 있었다.

사실 회사를 차린다고 해서 바로 회사가 만들어지는 것은 아니었고 한다고 하다가 하지 않을 수도 있었다.

태수도 그런 친구들을 보았기 때문에 민성을 이해하게 되었다.

"이제는 사장님이 되신 거네요. 정말 축하합니다. 하하하."

"예, 감사합니다."

민성이 인사는 받았지만 왠지 마음은 씁쓸해졌다.

회사를 차리기는 했지만 아직 회원도 없는 그런 회사였다.

물론 자신의 능력을 이용하면 충분히 회사를 키울 수 있다는 자신감은 존재했다.

그러나 지금 당장은 회원도 없는 그런 회사라는 것이 현실이었다.

"아니, 그런데 회사를 오픈하셨는데 기념행사 같은 건 없습니까?"

"하하하, 안 그래도 다음 주에 하려고 하였는데 이거 먼저 말씀을 하시니 날짜를 알려드려야겠습니다."

민성은 그러면서 은근히 회사의 기념식 이야기를 건네며 태수에게 이 사실을 알렸다.

물론 두 남자도 민성의 말에 귀를 기울였고 말이다.

"그때 제가 이 친구들과 함께 가겠습니다."

"하하하, 그러면 저야 환영이지요. 두 분도 저에게는 이미 회원이시니까요.”

민성이 하는 말에 두 남자는 어색하지만 입가로 환한 미소가 그려졌다.

민성은 두 남자의 명함을 받아들고 그 내용을 확인했다.

두 사람의 명함에는 저마다 일류회사의 엘리트 위치에서 자신의 활약을 빛내고 있었다.

이런 인원들이라면 민성의 회사의 가치를 빛내줄 만한 사람들이었다.

높은 스펙과 괜찮은 외모, 앞으로 장래에 대한 비전이 있는 이들을 보며 민성은 진심으로 좋아했다.

그렇게 민성과 태수, 그리고 그 친구들은 많은 이야기를 나누며 즐거운 시간을 보낼 수 있었다.

민성이 떠나고 남아 있는 세 남자는 따로 자리를 마련하여 대화를 하고 있었다.

“어떠냐?”

“나는 마음에 드는데 너는 어떠냐?”

“야! 내가 일만 해서 여자를 만나지 못한 거지, 장가를 가기 싫어, 그런 것은 아니지.”

“자식이……. 누구는 그랬냐?”

이들은 아직 결혼하지 않은 청춘들이었고 태수가 이번에

만난 여인과 결혼까지 일사천리로 진행하고 싶어한다는 사실을 알고 진심으로 부러워했다.

이들은 대다수가 일로 인하여 시간을 많이 빼앗기다 보니 이렇다할 연애를 못한지도 오래된 사내들이었다.

그런 상황에 나타난 민성의 경우는 가뭄에 단비를 내려줄 것 같은 기대를 낳았던 것이다.

"나는 이번에 소개를 받은 세희 씨를 보고 민성 씨가 저 분야에서 상당한 재능을 가지고 있는게 아닌가 싶었어. 나름 괜찮지 않아? 상당히 자신의 마음에 드는 여자를 확실하게 포착해서 소개해주는 커플 매니저. 좋잖아, 우리 같이 일에 치여 여자도 못 만나는 불쌍한 인생들에겐."

"그래, 그 양반, 이야기를 나눠보니까 뭐랄까, 신뢰가 들더라. 게다가 세희 씨만 봐도 그렇잖아. 딱 보고 이 바보가 아, 이 여자다라며 술술술 벙어리 삼룡이 말문 터진마냥 말도 잘하고."

친구 하나가 태수를 놀리듯 말하자 다들 낄낄대며 웃었다.

"그래, 진짜… 회원이 되면 어떤 여자를 소개를 해줄지 기대가 되네."

"아마도 마음에 드는 여성을 만나게 될 거다."

이들은 솔로로 살고 있었고 그 솔로를 탈출하고 싶어 하였다.

사실 일 때문에 사람 하나 제대로 사귀기 힘든 그들이었다.

잘나가는 기업체들에서 저마다 중요한 위치를 맡고 있기에 결혼 시기를 놓쳤지만 여전히 마음에 드는 이성은 만나기 힘들 이들.

그렇다 보니 본의 아니게 솔로로 살고 있는 태수의 친구들이었다.

이들과 태수는 비록 친구이기는 하지만 결혼하지 않았다는 것만 같았지 그 수준이나 사정을 같았다.

차이라면 태수는 가고 싶어도 가지 못한 거고, 이들은 가려고 하는 마음이 없었기 때문에 가지 않은 것뿐.

CHAPTER
07

승승장구

　민성이 회사를 차리고 가장 먼저 전화가 온 친구는 바로 철우였다.

　철우는 민성이 회사를 그만두고 나갔다는 이야기에 화를 내고는 실장과 대판 싸웠다고 했다.

　"내 걱정은 하지 마라, 이번에 회사를 따로 차렸으니 말이다."

　"뭐? 회사를 차렸다고?"

　철우는 민성이 회사를 따로 차렸다는 이야기를 듣고는 놀라고 있었다.

"그래, 남에게 지시를 받아서 하는 것보다는 내 스스로 판단을 해서 일을 하고 싶어서 차린 거다."

"자금은 되냐?"

철우는 민성이 회사를 차린 것이 조금은 걱정이 되는 모양이었다.

"걱정 마. 자금은 충분하니 말이야."

"자금이 충분하다고 하니 다행이기는 하지만 그래도 걱정된다."

"임마, 그런 거는 신경 쓰지 말고 너도 우리 회사로 와. 내가 무조건 밀어줄게. 월급 걱정 안 하게 해주고."

철우는 민성의 말에 고민이 되었다.

이제 나이도 있어서 회사를 옮기는 일이 그리 쉽지는 않아서였다.

그렇지만 민성이 운영하는 회사라 하니 가고 싶기도 했다.

두 마음이 전쟁을 벌이고 있으니 철우가 쉽게 결정을 내리지 못하는 것은 당연한 일.

"생각해 보고 이야기해 줄게."

"자식, 알았다. 나중에 연락해줘."

민성은 철우와 그렇게 통화를 마쳤다.

친구인 철우는 민성에게는 유일한 친구나 다름없었다.

자신이 교도소에 들어갔다 나온 이후 제대로 연락이 되는 친구는 오직 철우가 유일했다.

면회를 왔던 것도 오직 철우 한 사람뿐이었고.

그렇다 보니 자신이 하는 일에 동참시키고 싶었다.

하오문을 통해 다른 업체들보다 빠르게 정보를 모으고, 결혼을 원하는 이들을 받아들이고, 효율적으로 이어주는, 그 어떤 회사보다 빠르고 신속한 회사를 만들고 싶은 게 민성의 생각이었다.

그리고 그 결과를 활용하여 자신은 많은 인맥을 얻고, 이를 활용하여 김호철에게 복수하기 위한 다음 계획을 진행할 예정이다.

본디 사람 관계에서 결혼만큼이나 사람을 흔드는 것은 없고, 자식의 연만큼 부모의 마음을 움직이게 하는 것도 없으니 말이다.

또한 철우에 대한 것도 그랬다.

최근 철우는 혜영과 만남을 시작했다.

그리고 자신이 보기에 두 사람의 관계는 꽤 좋은 연인으로 보였다.

민성이 보기에 두 사람은 얼마 지나지 않아 분명 결혼 이야기가 나올 것이 분명해 보였다.

철우의 나이가 요즘 기준에선 결혼 적령기의 끝에 다다른 상태라 해도 과언이 아니었고, 결혼한 뒤 생활하려면 지금보다 더 많은 돈이 필요할 것이 분명하다.

그렇기에 자신이 그런 철우에게 도움이 되고 싶은 것이다.

그간 철우에게 받은 도움이 적지 않은 민성이기에 좀 더 번듯하고 당당한 남편으로 혜영과 행복해지길 바라는 마음에서였다.

게다가 중국에서의 큰 인연들을 끌어 들이고, 그 일로 인하여 자신의 수중에 들어온 활용 가능한 자금이 약 백억에 이른다.

이 정도의 금액이면 대형 결혼정보회사들에 비하면 적을 수 있지만, 어느 정도 재무관계가 탄탄한 회사로는 충분한 가능성이 다고 생각했다.

어쨌거나 철우와 통화를 한 후 강남의 사무실로 출근한 민성은 에이스보다 커다란 현재 사무실이 마음에 들었다.

철우는 사무실 곳곳을 메우고 있는 책상들을 쓸어보며 묘한 감격에 사로잡혔다.

그렇게 감성에 잡혀 있을 무렵, 사무실 안으로 두 여성이 나란히 들어왔다.

물론 오늘은 자신도 첫 출근이었지만 경리부서 등에서 일을 할 여직원들의 첫 출근날이기도 하다.

그리고 지금 들어온 여성들이 하오문에서 고용해준 바로 그 두 사람이었다.

“모두 반갑습니다. 제가 정민성입니다.”

하오문의 정보력으로 꼽은 두 사람이기에 신분은 물론 앞으로의 가능성과 성격 또한 확실한 두 사람이었다.

“안녕하세요. 사장님, 저는 오수경이라고 합니다.”

“이미선입니다, 사장님.”

각자 자기소개를 하는 두 여인의 모습이 생동감있고, 또한 그 미모가 남달라 민성이 보기에 아주 마음에 들었다.

앞으로 이 두 직원은 경리 업무와 회사 내 잡무를 담당하며 직원들로 내부가 가득 채워질 때까지 안방마님 역할을 하게 될 것이다.

또한 결혼 정보회사의 클라이언트로 찾아오는 사람의 대다수는 적령기를 맞은 자녀를 둔 사모님들이 많다.

그런 이들을 차분하게 맞이하려면 괜찮은 외모의 여성이 장점으로 부각될 수 있음을 잘 알고 있었다.

“예, 오늘 제 눈이 아주 행복하군요. 이렇게 아름다운 미모의 여성분들과 일하게 돼서 말입니다. 잘 부탁드리겠습니다, 예쁜 우리 직원분들.”

민성의 아부에 가까운 극찬에 두 아가씨는 입을 가리며 웃었다.

두 아가씨는 민성의 외모와 화려한 말발에 앞으로 근무를 하는 일이 아주 즐거울 것만 같았다.

회사는 본래 사장을 잘 만나야 하는데 지금 자신들이 보고 있는 사람은 여자들에게 치근덕거리는 그런 사람도 아닐뿐더러, 앞으로 있을 생활에 대한 기대를 품게 하는 뭔가가 있었다.

우선은 눈빛이 다른 이들과는 달리 맑고 깨끗해 보여서 안심이 되었다.

민성은 아가씨들에게 앞으로 해야 하는 일에 대해서 간단하게 설명을 해주었다.

이들도 이미 들은 이야기가 있어서 민성의 설명에 고개만 끄덕이고 있었다.

"앞으로 잘 부탁 드려요, 사장님."

"예, 제가 잘 부탁합니다."

인사를 마치고 민성은 자신의 방으로 들어갔다.

안에도 제법 신경을 썼는지 인테리어가 상당히 고급스러워 보였다.

"흠, 이 정도면 손님들에게 창피를 당하는 일은 없겠네."

민성은 고급스러운 인테리어에 아주 만족스러웠다.

한참을 그렇게 구경하다가 자리에 앉아 자신이 가지고 있는 서류들을 정리하기 시작했다.

이제 시작이기 때문에 절대 실수가 있어서는 안 된다.

처음부터 완벽하게 하는 사람은 없겠지만 자신은 남들과

는 다르다고 생각하는 민성이었다.

　"우선은 소개를 받은 두 사람에 대한 조사가 우선이니 먼저 확인을 하도록 하자."

　민성은 자신이 소개를 받은 두 사람에 대해 생각하고 있었다.

　어떻게 보면 이 회사의 첫 손님이라 할 수 있는 사람들이기에 신경 쓰는 것이다.

　앞으로 회사에서 필요한 정보력은 모두 하오문에서 처리를 해주기로 하였기 때문에 크게 민성이 신경을 써야 하는 일은 없었다.

　자신이 알고 싶은 것에 대한 이야기를 하면 바로 조치를 취해 주기 때문이었다.

　하오문의 정보를 이용하면 앞으로 정보에 대해서는 걱정하지 않아도 되니 민성이 하는 일에도 많은 도움이 되었다.

　그만큼 민성이 하는 일이 정보에 민감하기 때문이었다.

　민성은 오늘 만난 두 사람부터 시작해서 앞으로는 국내에서 누구도 무시하지 못하는 그런 회사로 만들려고 야심차게 준비를 하고 있었다.

　민성이 하오문의 정보력을 이용한다는 생각을 하며 앞으로의 미래를 생각하고 있을 즈음, 민성의 친구인 철우는 앞으로의 일에 대하여 심각하게 고민하고 있었다.

민성의 제안이 철우를 흔든 탓이었다.

"지금 다니는 회사에는 솔직히 미래가 보이지 않는데 과연 민성에게 가면 가능할까?"

철우의 고민은 민성과 함께하는 것은 둘째치고, 자신과 만남을 가지는 혜영에 대한 고민이 가장 컸다.

예전에는 여러 여자들과 가볍게 만난 시간이 더 컸지만, 혜영은 그렇지 못했다.

가슴에서부터 느껴지는 간절함이 있었다.

그런 여자를 배고프게 할 순 없는 노릇이고, 철우는 그녀에 대한 책임감을 느끼고 있고, 잘되길 바라고 있었다.

그렇기에 더욱 탄탄한 직장에서 그녀와 가족을 먹여 살릴 수 있는 자신이 되었으면 하는 철우였다.

민성이 하고 있는 회사는 이제 시작이라 성공가능성이나 앞으로의 미래가 불투명한 감이 있었다.

게다가 돈이 있다곤 하지만 자금력이 어느 정도일지도 잘 모르는 일이라 모험이라 할 수 있었다.

다만, 친구인 민성이 짧은 시간 보여준 그 재능은 탁월한 수완이자 이 직종에서 가장 도움이 되는 것이었다.

한참을 고민하던 철우는 결국 지금 있는 실장과 그만 헤어지기로 마음의 결정을 내렸다.

선배이긴 하지만, 이번 민성의 일로 많이 실망한 감도 컸기에 더욱 결심을 굳힐 수 있었다.

"그래, 아직은 내 인생이 끝난 것도 아닌데 벌써 고민하며 살지는 말자. 그냥 마음이 가는 대로 가면 되지."

철우는 쿨하게 결정을 내리고 민성이 있는 곳으로 가기로 했다.

이제 시작하는 친구에게 자신이 해줄 수 있는 것은 자신이 한 손 거드는 것밖데 더 있으랴.

다른 것은 신경 쓰지 않고 함께 같은배를 타면 된다.

친구따라 강남으로 간다는 말도 있으니 지금 철우가 그러했다.

철우는 민성의 회사로 이직을 결심하곤 이내 실장이 있는 곳으로 갔다.

민성이 때문에 사실 철우와 사이가 많이 틀어져서 자신이 그만둔다고 해도 아마도 환영할 것이라는 생각이 들었다.

"무슨 일이냐?"

실장은 철우가 자신에게 오자 퉁명스럽게 말을 했다.

철우는 그런 실장을 보고 그만두기를 잘했다는 생각이 들었다.

"형, 저 그만두려고요. 그동안 감사했습니다."

실장은 철우가 그만두겠다고 하는데도 별다른 반응이 없

었다.

"알았다. 언제까지 나올 생각이냐?"

"오늘까지만 일하고 내일부터는 나오지 않을 게요."

실장은 철우의 말에 고개를 끄덕였다.

"월급은 알아서 계산을 해서 통장으로 보내주마. 그동안 수고했다."

절친한 사이는 아니라도 저렇게 냉정할 수 있다는 것을 철우는 이번에 확실하게 알게 되었다.

어차피 민성과의 일 때문에 자신과도 좋지 않은 관계가 되어 서로가 불편하게 생각하고 있었다.

그렇다 보니 지금 자신이 내린 결정이 아주 잘했다는 생각이 드는 철우였다.

"그동안 고마웠습니다."

철우는 아주 정중하게 인사를 하고는 나갔다.

실장은 민성이 문제 때문에 철우와도 관계가 틀어져 있기에 철우가 그만두겠다는 말이 오히려 더 고마운 실정이었다.

철우는 사무실로 와서 자신의 물건들을 정리하기 시작했다.

그런 철우에게 접근하는 여자가 있었는데 바로 오미연이었다.

"철우 씨, 왜 짐을 싸는 거예요?"

“예, 이제 그만두려고요.”

“아, 그렇군요. 그럼 잘 가세요.”

오미연은 철우가 짐을 싸는 것을 보고 아마도 실장이 그만 두라고 했을 것이라고 생각하는 모양이었다.

하기는 민성의 문제로 오미연과도 그리 좋은 사이는 아니었다.

“예, 그동안 감사했습니다. 오미연 씨.”

철우는 그렇게 있는 사람들과 인사를 마치고 짐을 가지고 떠났다.

오미연은 철우가 떠나는 것을 보고 입가에 미소를 짓고 있었다.

‘호호호, 바보같이. 친구를 잘 사귀어야 하는 것을 모르다니.’

미연은 철우가 떠나는 것을 보고 아주 기분이 상쾌함을 느꼈다.

철우가 떠나가고 얼마의 시간이 지나지 않아 갑자기 들이 닥치는 인물들이 있었다.

꽝!

“여기 오미연이 누구야!”

문을 걷어차고 들어오는 인물들은 눈으로 보아도 건달이라는 것을 느낄 수가 있었다.

오미연은 갑자기 건달들이 자신을 찾는 것에 인상을 썼다.

"내가 오미연인데 무슨 일이죠?"

"형님, 저년이 오미연이라고 합니다."

사무실은 갑자기 들이닥친 건달들 때문에 분위기가 아주 살벌해졌다.

실장은 갑자기 건달들이 사무실로 쳐들어오자 무슨 일인가하는 심정으로 나오게 되었다.

"무슨 일이십니까?"

"아, 당신에게 해를 입히지는 않을 거니 좀 기다려. 우리는 오미연이가 필요해서 온 거니 말이야. 애들아, 조용히 모셔라."

"예, 형님."

건달들은 오미연이에게 다가가서는 조용히 속삭였다.

"조용히 따라오는 것이 좋을 거야. 그렇지 않으면 청부살인을 부탁했다고 여기서 떠들어 주지."

오미연은 남자의 말에 얼굴이 시퍼렇게 변하고 말았다.

자신이 민성을 해치라고까지 청부한 것은 아니었는데 지금 이 남자는 자신이 마치 살인을 청부한 여자처럼 말을 하고 있어서였다.

그렇다고 사무실에서 그런 이야기를 할 수는 없는 입장이었다.

"알았으니 조용히 나가요."

오미연이 그렇게 말하니 건달들도 고개를 끄덕이며 사무실에 있는 직원들을 보고 가볍게 인사를 하고는 밖으로 향했다.

"우리가 와서 시끄럽게 해서 미안합니다. 그럼 수고하세요."

건달들이 오미연과 나가자 갑자기 사무실이 시끄러워지고 말았다.

웅성웅성.

실장은 오미연이 무슨 짓을 하였는지 궁금해하는 눈치였다.

건달들이 오는 경우는 분명히 이유가 있었기 때문이다.

"모두 조용히 하고 일들 보세요."

실장의 말에 직원들은 금방 조용해졌다.

남의 일이기도 하지만 자신에게 피해를 입힌 것은 없었기 때문이다.

실장은 직원들을 보고는 다시 사무실로 들어가면서 혼자 중얼거렸다.

'도대체 무슨 짓을 하고 다니는데 건달들이 사무실로 오게 만드는 거야?'

실장은 오미연이 오면 반드시 이번 일을 따져야겠다고 생각을 했다.

　오미연과 한 번 관계를 가지고 나서는 자신이 너무 오미연에게 끌려 다녔다고 생각이 들어서였다.

　한편, 오미연은 건달들과 차를 타고 이동 중에 있었다.

　이들과 함께 나올때까지만 해도 아무렇지도 않은 척했지만, 솔직히 불안해 미칠 것만 같았다.

　이들이 자신을 찾아온 것도 자신은 민성을 그냥 좀 패주었으면 하는 주문만 했을 뿐인데, 정작 이들은 그보다 다른 이유로 자신을 데려가는 듯했다.

　"이봐요, 나를 어디로 데리고 가는 거예요?"

　"조금 기다리면 도착하니 조용히 있어줘. 나 지금 상당히 기분이 좋지 않으니 말이야."

　남자가 한마디 하자 오미연은 불안하고 두렵기만 했지만 침묵할 수밖에 없었다.

　차는 한참을 달려서 한 건물 앞에 도착하게 되었다.

　차가 멈추자 남자들은 오미연을 데리고 내렸다.

　건물의 안으로 들어온 오미연은 지금 불안해서 미칠 것만 같은 기분이었다.

　이들이 자신을 왜 이곳으로 데리고 왔는지는 모르지만 결코 좋은 일로 부르지는 않았을 것이라는 판단에서였다.

그렇게 차를 타고 한참을 달려 오미연이 도착한 곳은 어느 한 건물의 사무실이었고, 사무실에는 상당히 덩치가 큰 인물이 깁스를 한 채 의자에 앉아 있었다.

"당신이 오미연인가?"

오미연은 눈앞의 남자를 보니 덜컥 겁이 나기 시작했다.

인상을 보니 상당히 거친 사내라는 것을 알 수가 있었기 때문이었다.

"에……. 예, 제가 오미연이에요."

"우리 조직에 정민성이라는 자를 손봐 달라고 하였고?"

"네에, 맞아요."

오미연의 대답에 남자의 눈빛이 갑자기 살벌하게 변하기 시작했다.

"이 씨발년이 누구를 잡으려고 그런 청부를 한 거야? 너 다른 조직의 부탁으로 그런 짓을 한 거지?"

남자는 자리를 박차고 일어서면서 오미연에게 다가갔다.

오미연은 갑자기 험악한 말을 하면서 다가오는 남자를 보니 두려움에 몸이 절로 떨렸다.

"무, 무슨… 말씀… 이세요?"

오미연은 건달들이 당한 사실을 모르니 의문 어린 눈동자를 한 채 상대를 바라보았다.

건달은 바로 영동파 행동대장으로 있는 최성철이었다.

병원에서 부러진 뼈는 급하게 깁스를 하였고 그냥 병원에 있으려니 답답해서 결국 사무실로 나와 오미연을 그냥 두지 않으려고 잡아온 것이다.

물론 죽이고 싶은 마음이야 간절했지만 죽일 수는 없는 일이었다.

하지만 자신들이 당한 것에 대한 보상을 받아야 했기에 오미연을 잡아온 것이다.

"너의 청부로 우리 조직원들이 얼마나 심하게 당했는지 아냐? 너 때문에 나와 조직원들이 이렇게 깁스를 하고 있잖아, 씨발년아."

성철은 화가 나서 그 분풀이를 오미연에게 하고 있었다.

오미연은 자신이 청부를 한 민성이 그렇게 실력이 좋은 사람인지는 몰랐다.

그리고 지금은 민성이 중요한 것이 아니라 눈앞의 남자에게 무슨 짓을 당할지를 몰라 더욱 두려웠다.

오미연이 떨고 있으니 성철은 고작 이렇게 배포도 없는 년이 그런 청부를 했다는 생각에 화가 났다.

"청부를 했을 때에는 그만한 보상을 준비를 하고 했겠지?"

성철은 어차피 자신들이 당한 것은 어쩔 수 없는 일이라고 생각하고 있었지만 오미연과는 달랐다.

한 번 거미줄에 걸린 먹잇감을 그냥 두고 볼 성철이 아니었다.

　오미연은 성철이 원하는 것이 돈이라고 생각했다.

　그리고 자신이 이런 곳에 있는 것도 싫었기에 바로 협상하려고 하였다.

　"원하는 것이 돈인가요?"

　"물론 돈도 필요하지 하지만 돈보다 더 필요한 것이 있지."

　성철은 오미연의 몸매를 보며 군침을 삼키고 있었다.

　오미연은 성철의 눈길에 온몸에 개미가 지나가는 징그러움을 느꼈지만 지금은 그런 내색할 수가 없었다.

　자신이 있는 곳이 어떤 곳인지를 알기 때문이었다.

　끔찍한 상상이 미연의 머릿속을 강타하여 그대로 그녀는 굳어버렸다.

　오미연이 그런 상황에 처해 있을 때 철우는 자신의 짐을 들고 빈성의 사무실로 가고 있었다.

　"강남이라고 하니 그리 멀지는 않아 좋은데 무슨 돈으로 사무실을 오픈했을까?"

　철우는 민성이 사무실을 오픈했다는 이야기를 듣고는 작은 사무실을 생각하고 있었다.

　강남땅에 있는 사무실이라면 그 임대료만 해도 결코 만만치 않은 금액일 터였다.

민성이 이야기해 준 곳에 도착한 철우는 바로 민성의 사무실로 올라갔다.

사무실의 앞에 다다랐을 때 철우는 자신이 잘못 찾아온 것이 아닌지를 고민하게 되었다.

"아니, 여기가 맞아? 내가 혹시 잘못 찾아온 건가?"

철우는 잠시 눈을 양손으로 비볐다.

하지만 달라지는 것은 하나 없었고, 철우의 시야로 들어온 사무실은 에이스의 그것보다 배는 더 커 보였기에 정신이 멍해지는 기분이었다.

그래도 사무실 앞에 붙은 상호를 보니 민성이 이야기한 그곳이 맞아 조심스럽게 유리문을 열고 들어갔다.

문이 열고 들어가 살핀 사무실 안의 정경은 에이스의 것보다 훨씬 새로운 느낌에, 하얀색과 푸른색의 감각적인 색감을 잘 살려 차분하면서도 시원한 느낌을 주었다.

"무슨 일로 오셨나요?"

철우가 안으로 들어와 두리번거리고 있자 한 아가씨가 다가와 아주 상냥한 목소리로 물었다.

"예, 여기 정민성을 만나려고 하는데요?"

"아, 실장님을 찾아 오셨군요. 이쪽으로 오세요."

아가씨의 말에 철우는 멍하니 아가씨를 보게 되었다.

민성이 회사를 차렸다고는 들었지만 이 정도의 규모로 크게 하는지는 몰랐기 때문이었다.

그리고 사무실을 보아도 에이스는 상대가 되지 않을 정도였다.

사무실의 안에는 모두 새로 구입을 하였는지 사무집기들이 전부 새것에 매끈거렸다.

똑똑.

"네에."

문을 열고 안으로 들어 간 수경은 민성을 보며 입을 열었다.

"실장님, 손님이 오셨는데요."

"그래요? 들어오시라고 하세요."

민성의 허락이 떨어지자 수경은 문을 열고 안으로 들어오라는 손짓을 하였다.

철우는 금방 이해하고 안으로 들어왔다.

민성도 손님이 왔다고 해서 고개를 들어 누군지를 확인하려고 하였는데 철우가 들어오는 것을 보게 되었다.

"하하하, 어서 와라."

민성이 철우를 보며 웃으면서 반겨주었다.

"아니, 개업했다고 들었는데 생각보다는 사무실이 크네?"

"어, 그렇게 됐어. 이왕에 시작하는 일인데 크게 하고 싶어서 말이야."

철우는 민성이 그만한 자금을 가지고 있는지도 몰랐기에 솔직히 많이 놀라고 있었다.

이렇게 큰 사무실을 운영하려면 어지간한 자금으로는 운영할 수 없다.

철우는 민성과 함께 자리에 앉아서 많은 대화를 나누게 되었다.

민성의 이야기를 들어보니 자금은 그리 걱정을 하지 않아도 될 것 같은데 아직은 회원들이 많지 않은 것이 조금 마음에 걸렸다.

"그런데 새로운 회사를 차리게 되면 회원들이 있어야 하는데 아직은 너에게 그런 회원들이 없지 않나?"

민성이 이 일을 시작한 지가 얼마 되지 않는 것을 이야기하고 있었다.

"나도 알고 있지만 회원이야 시간이 지나면 얻을 수가 있을 거니 걱정하지 않아도 돼. 그보다 너는 어떻게 할 거야?"

"어떻게 하기는. 친구가 새로 회사를 차렸다고 하니 바로 출근하려고 왔지."

"하하하, 잘했다. 아주 잘했어."

민성은 철우가 오기로 했다는 말에 아주 반가워했다.

철우는 지금까지 커플 매니저로서 외부일을 많이 해왔지

만, 사실 내부에서 하는 일들이 더 적성에 맞는 구석이 많았
다.

그런 데다가 현재 내부에서 업무를 봐줄 만한 사람이 필요
한데, 이 직종에 대한 이해도가 높으면서 매니저들의 관리,
고객들의 사항들을 체크할 수 있는 인원을 꼽으라면 철우가
가장 적합하다 생각하는 민성이었다.

민성도 믿을 수 있는 철우라면 충분히 할 수 있을 것이라
생각하고 있었다.

게다가 자금관리와 관련해서도 철우에게 총괄하도록 할
생각이었다.

"그런데 내가 여기서 해야 하는 일이 뭐냐?"

"너에게 딱 어울리는 일이 있다. 매니저 교육과 자금관리
지."

"응? 자금을 관리하라고?"

철우는 자신이 하고 싶었던 일이기 때문에 놀라고 있었
다.

아무리 친구 사이라고 하지만 방금 왔는데 자금을 관리하
라고 할지는 몰랐기 때문이다.

"나는 사실 철우 네 능력이 관리쪽이라고 보고 있었어. 그
런 일에 가장 어울리는 사람이 너라고 말이야. 그러니 자금
과 일반적인 관리를 해주었으면 한다. 직책은 관리과장이 좋

겠네."

　민성의 이야기를 들은 철우는 놀라기도 하고 묘한 기분이 되었다.

　사실 민성이 하는 이야기대로 자신을 관리 업무를 담당하고 싶은 마음이 있었던 것이다.

　지난 8년간 커플 매니저로 활동하면서 근근이 다른 직원들을 교육하는 일을 하곤 했는데, 그러면서 느꼈던 감정을 되짚어 본다면 자신에게 꽤 어울린다 생각했다.

　그리고 성격상 자신은 그런 일을 하면 적성에도 맞아서 잘할 자신이 있었다.

　"해보고 싶었는데, 고맙다. 앞으로 잘 부탁한다."

　철우는 민성의 말에 바로 하겠다고 대답했다.

　친구인 민성의 성격을 알고 있었고 자신도 하고 싶었던 일이기 때문에 서로 길게 이야기할 필요가 없었다.

　"그래, 우리 앞으로 잘해 보자."

　민성은 친구인 철우가 자신과 함께해 주기로 결정을 내린 것이 아주 고마웠다.

　사실 자신은 친구인 철우에게 말하지 않은 부분들이 많았지만 어떻게 설명할 수도 없는 문제였기에 고민했다.

　하지만 친구는 아무 것도 묻지 않고 자신을 믿고 이렇게 쉽게 수락해 주어 한편으로 마음이 가벼워졌다.

안에 믿을 수 있는 철우가 있다면 자신은 외부의 일을 처리하면 되기 때문이었다.

"그래, 열심히 해보자."

민성은 철우의 자리를 안내해 주었고 이제 사무실에는 모두 네 명의 사람이 근무하게 되었다.

현재 민성은 신입사원을 뽑을 생각이 없었다.

이는 이제 시작하는 회사인데 경험이 가장 중요하다는 생각이 들어서였다.

차라리 없으면 당분간은 둘이 일하면서 점차적으로 사람을 모을 생각을 하고 있는 민성이었다.

자신의 회사는 가장 우선적으로 보는 것이 바로 신뢰와 믿음이었다.

자신과 같이 일하는 사람을 믿을 수 없다면 이는 일을 하지 않는 편이 옳다고 생각하는 민성이었다.

실제로 자신이 일을 하면서 동료들에게 두 번이나 배신을 당한 셈이니만큼 서로 믿을 수 있는 회사를 바란 것이다.

그래서 일을 시작하면 우선 전적으로 그 사람을 믿고 일을 맡길 생각이었다.

ㅡ서로간의 신뢰가 생겨야 앞으로의 미래가 있다.

　민성은 이 한 가지를 회사의 핵심 구호로 삼고 회사를 꾸려 나갈 생각이다.
　원더풀이라는 상호를 가진 민성의 회사는 이렇게 서서히 발돋움을 준비하고 있었다.

CHAPTER
08
원더풀의 성장

　민성은 회사를 차리면서 가장 중요하게 여기던 문제 중 하나가 정보에 대한 부분이었다.

　하지만 이 부분이 하오문의 존재로 인하여 간단히 해결되었고, 내부에선 자신을 서포터해줄 철우가 함께하게 되었다.

　"이제 내부적인 일은 철우가 처리해 줄 거고, 나는 외부적인 일을 처리하면 되겠네. 물론 중간에 마음에 드는 사람이 있으면 스카웃해야겠지만 말이야."

　민성은 그렇게 생각을 정리하고 하나씩 추가적인 일들을 처리해 나가기 시작했다.

자신을 서포터하는 하오문의 정보력은 생각 이상으로 대단한지 민성이 자료를 부탁하면 항상 다음 날 바로 자신에게 도착했다.

민성이 부탁한 정치인의 자식들에 대한 정보 또한 요청한 다음 날 바로 자신에게 도착했는데, 민성은 철우가 자리 잡자마자 모두 넘겨주었다.

"이 자료 좀 정리해 줘."

"무슨 자료인데 그래?"

"우리나라 정치인들의 적령기 자녀들의 인적사항 하고 고위관료들의 적령기 자녀들의 인적 사항들이야. 우선 정리를 좀 해야 작업을 시작하지."

"헉! 관료들의 자식이라고? 너 이런 귀한 거 어디서 난 거야?!"

철우는 민성이 주는 자료를 보지도 않고 놀라고 있었다.

그만큼 지금 민성이 하는 이야기는 대단한 것이었다.

대한민국에서 가장 막강한 힘을 가지고 있는 자들이었고 이들은 기업인도 무시할 수 있는 힘을 가지고 있는 이들이 그들이라 할 수 있었다.

그렇다곤 하나 그들이 결코 적은 인원도 아니고, 그들의 친인척 관계를 비롯한 자녀들의 세세한 인적사항을 정리한다는 것은 그 규모가 굉장하다.

어디에서 이러한 얻었는지는 모르겠지만 철우가 감탄할 수밖에 없는 자료들임은 분명했다.

"나도 나름 정보를 받는 곳이 있어. 그러니 정보에 대해서는 걱정하지 않아도 된다. 한동안 너는 내가 가지고 오는 자료들을 모두 정리해 줬으면 해."

철우는 민성의 말에 조금 정신을 차렸고 민성이 회사를 차린 이유가 바로 정보를 얻을 곳이 있어서 차렸다는 사실을 알아차렸다.

철우는 민성이 정보를 얻어오는 곳에 대하여 상당한 궁금증이 일었지만 이는 민성이 지키려 한 노하우와 연관이 있을 것이란 생각이 들어 궁금해도 참기로 했다.

"알았어. 어디서 정보를 얻는지는 모르지만 이런 고급 정보를 가지고 있다면 이 회사는 충분히 승산이 있어. 성장 가능성이 그만큼 강하단 의미기도 하니 말이야."

철우는 이런 고급 정보를 가지고도 망한다면 이는 정말 능력이 없어서 그렇다고 해야 한다는 생각이 문득 들었다.

이러한 정보들을 접하고 나니 회사를 차리고 나온 민성이 믿음직스럽게 느껴져 절로 힘이 생겼다.

처음에는 친구이니 한다고 생각했는데 지금 보니 자신의 결정이 아주 잘된 것이란 생각이 들었다.

에이스도 이런 고급 정보는 얻을 수가 없었기 때문이다.

"어쨌거나 정보에 대해서는 걱정하지 말고. 혹시 매니저 중에 마음에 드는 사람들이 있으면 영입하도록 해봐. 우리도 둘이서만 하는 데에 한계가 있잖아. 우리 회사는 가족 같은 분위기로 일하는 방향으로 갈까 싶어. 정보도 개인이 아닌 회사원들 모두가 세세하게 보고 아이디어를 창출할 수 있도록 말이야."

철우는 민성의 발언에 심각한 표정을 지으며 생각에 빠져들었다.

그리고 한참 생각하고 내린 결론을 이야기하기 시작했다.

"정보를 공유한다는 생각은 좋기는 해. 하지만 한편으로는 아주 좋지 않을 수도 있어. 우선은 우리가 영입한 사람들 중에 배신하려고 하는 사람도 있을 수가 있기 때문이야. 네가 이미 겪어봤으니 알잖아. 사람은 모르는 거거든. 그렇다 보니 그 정보가 다른 곳으로 유출될 위험도 강하다고 보기 때문에 난 반대하고 싶어."

철우도 이쪽 계통으로 일을 해온 지 꽤 오랜 시간이 흘렀고, 아는 것도 제버 ㅂ되었다.

그렇다 보니 민성이 이야기한 아이디어의 단점 또한 명확하게 꿰뚫어 보았다.

정보를 공유하는 손이 많은 만큼 그만큼 유출의 위험도 높고, 배신자를 색출하는 것도 힘들어질 수 있게 된다.

정보란 폐쇄적인 공간을 넘어서면 새어나가게 마련이니 말이다.

사람을 믿는다면 좋겠지만 이런 계통에서 일하는 사람들의 대부분은 고객이나 고객에 어울릴 만한 고객 대상에 대한 정보를 얻기 위해 노력하는 이들이 태반이다.

그렇다 보니 정보를 얻으려 많은 사람을 만나는 만큼 배신의 가능성이나 유출의 가능성을 배제하고 생각하면 안 되었다.

특히나 고급 정보라면 이를 팔아먹는 놈도 있다는 사실을 알고 있는 철우로서는 반대하고 싶었다.

민성은 철우의 이야기를 듣고는 정보를 공유하는 문제는 우선 자제해야겠다고 생각했다.

"그래, 그러면 정보 공유하는 문제는 없던 것으로 하고 내가 주는 정보는 오직 너만 관리해줬으면 좋겠어."

"그래, 잘 생각했다."

민성은 철우가 하는 말을 들으면서 자신이 너무 쉽게 생각했다는 것을 깨달았다.

'이 계통에서 일하는 사람들이 좀 믿음이 없는 건가?

민성은 그렇게 생각이 들자 자신의 생각을 좀 정리해야 했다.

철우는 민성이 나가자 잠시 고민을 하였다.

"어차피 회사를 운영하기 위해서는 많은 매니저들이 필요하고 지금이 가장 적기이기는 하지만 문제는 믿을 만한 사람이 없다는 것이 문제아냐?"

민성이 정보를 공유하자고 하는 것을 반대하는 이유도 바로 이 문제 때문이었다.

정보를 공유하게 되면 다른 놈들만 좋은 일을 시켜주는 결과가 나오는 경우가 제법 되다 보니 어쩔 수 없는 일이었다.

"나도 사람을 찾아봐야겠네."

철우는 자신의 인맥을 정리하여 과연 회사에 필요한 사람이 있는지를 찾기 시작했다.

나름 알고 있는 사람들이 많았지만 문제는 정말로 회사를 생각해 주는 그런 사람을 찾아야 했기 때문이었다,

신생 회사이기 때문에 처음부터 문제를 만들게 되면 회사의 이미지도 나빠지고 그러면 결국 회사는 망하게 된다.

철우는 그런 부분을 생각하며 믿을 만한 인재가 있는지를 생각하게 되었다.

철우도 나름 이런 계통의 회사에 오래 있었기에 알고 지내는 사람은 제법 되었지만 솔직히 믿음이 가는 사람은 없었기에 아주 곤란한 표정을 짓고 말았다.

"거참, 나도 헛살았나? 어째 알고 지내는 사람들 중에 믿음이 가는 인간이 없냐?"

철우는 자신의 인맥에 문제가 있다는 것을 인정하지 않을
수가 없었다.

자신이 새롭게 시작하는 회사지만 민성과 함께하는 회사
라 더욱 신경을 쓰고 있는 중이었다.

철우와는 다르게 민성은 태수의 친구들인 두 남자에 대한
정보를 하오문에 부탁하여 받아보고 있었다.

"호오, 두 사람 다 스펙이 아주 좋은데 그래? 이 정도의 스
펙을 가지고 장가를 가지 않은 이유가 무엇이지?"

민성이 보기에 두 사람은 아주 대단한 위치에 있는 남성들
이었는데 아직도 여자를 만나지 않았다는 것이 조금은 수상
해 보였다.

특히 김대호 같은 경우에는 아버지가 대기업의 이사로 있
기에 결혼하는 것에 문제가 없어 보였는데 아직도 사귀는 여
자가 없다는 것이 이해가 가지 않았다.

"이상하네? 이 정도의 스펙을 가지고 있는 사람이 아직도
여자를 만나지 않았다는 건 뭔가 있는 것 같은데?"

아무리 보아도 두 사람의 대단한 배경을 가지고 있었기 때
문에 이상한 생각이 드는 민성이었다.

민성은 이 부분에 대해서 자세한 정보가 필요함을 느꼈다.

결국 민성은 하오문의 한국 지부에 연락을 취할 수밖에 없
었다.

“예, 고문님.”

“다름이 아니라 어제 알아본 두 사람에 대한 자세한 정보가 필요하군요. 특히 여자관계에 대해서 자세히 조사를 해주었으면 하네요. 가능하겠습니까?”

“알겠습니다. 여기 한국 지부는 고문님의 지시를 받으라는 지시가 내려왔습니다. 앞으로는 알고 싶은 것이 있으면 바로 명령을 내려주시면 됩니다. 고문님.”

하오문의 문주는 민성의 지시를 가장 우선적으로 처리하라는 지시를 내려두었기에 이들이 이런 태도를 보여주고 있었다.

문주의 지시는 가장 우선적으로 처리가 되는 하오문이다.

그렇기에 이들은 이제 민성의 지시라면 어떠한 것이라도 마다하지 않을 것이었다.

“그래요? 그러면 바로 방금 전에 한 이야기를 조사해 주기 바랍니다.”

“알겠습니다. 바로 조사를 하겠습니다, 고문님.”

지부장은 민성의 지시를 가장 우선적으로 처리하라는 문주의 명령에 따라 빠르게 움직였다.

이들이 한국에 지부를 차리고 있지만 사실상 지부라고 하기에는 너무 방대해진 조직이었다.

이들은 스스로 자체적으로 일을 처리하기도 하기 때문에 이제는 지부라고 할 수가 없을 정도로 지부의 규모가 커져 있었다.

사실 하오문의 규모를 따진다고 하면 어느 나라나 그 규모가 결코 적지 않았다.

세계를 떠도는 다양한 중국인은 있게 마련이고, 중국인 노동자를 비롯하여 여러 화교인들이 퍼져 있는 오늘날이다.

게다가 국내로 들어오는 중국인의 수도 나날이 늘어나는 요즘이기에 한국 내 하오문 지부가 커지는 것은 어쩔 수 없는 일이다.

다만, 아직은 중국의 총본에서 관리를 하기 때문에 지시를 받고 있었다.

민성은 하오문과 관계를 가지기를 아주 잘했다는 생각이 들었다.

이들의 정보력은 대단했고 민성에게는 아주 도움이 되었기 때문이다.

하오문의 한국 지부에서는 민성의 지시에 따라 김성원과 김대호에 대한 조사를 시작하였고 하루가 걸리지 않아 바로 보고서가 날아들었다.

민성은 자신의 사무실에 앉아 발송 메일이 적혀 있지 않은 하오문의 보고서를 메일로 받았다.

그리고 민성은 그 메일을 열어 내용을 확인하곤, 자신이 요청했던 정보라는 사실을 알았다.

이를 쭉 살피던 민성은 자신이 바라던 정보가 바로 여기에 있다는 것을 깨닫고 무릎을 치며 고개를 끄덕였다.

"그래, 김대호가 아직 여자를 만나지 못한 이유가 바로 아버지 때문이었군그래."

김대호는 몇 년 전부터 아버지에게 중매를 강요받고 있었다.

그것도 자신이 원치 않는 중매가 계속되었고, 그로 인해 두 사람의 사이는 몇 년 사이 극도로 악화된 바 있다.

그러다가 한 차례 자신이 좋아하는 여인이 생겨 아버지에게 이야기했을 때 김대호의 아버지는 그녀를 매정하게 그의 곁에 다가설 수 없도록 돈을 쥐어 해외로 내보내기까지 했다.

김대호의 아버지에게 대호의 결혼이란 자신의 지위 상승을 위한 가장 중요한 도구나 다름없던 것이었다.

이 일을 계기로 김대호는 아버지의 도구로 취급받는 것 같아 극도로 사이가 나빠졌고, 독립해 나오게 되었다.

하지만 혼자 살기 시작한 이후로 김대호는 여자를 생각할 시간도 부족할 만큼 바빠졌고, 열심히 살아오는 동안 외로워지는 시간들도 제법 많아진 게 사실이었다.

그러다가 태수가 중매로 만난 세희를 보게 되었다.

예전부터 자신이 바라던 이상형을 이야기하면서도 자신이
품고 있는 문제로 인해 여자를 얻지 못하고 있던 태수가 자신
이 바라던 그런 여인을 얻었다는 사실에 처음으로 김대호는
중매에 대한 관심이 생겼다.

그 결과 처음으로 결혼에 관심을 가지고 민성을 찾았던 것.

이를 보고 나니 민성은 대호에게 가장 필요하고 어울릴 만
한 여자가 누구일지 고민에 사로잡혔다.

사실 그에게 가장 좋은 여자는 해외로 떠난 그가 잠시나마
사랑했던 여자일 것이 가장 클 것이다.

그러나 그녀의 조건은 아버지의 마음에 들지 않아 성사되
기 어려울 가능성이 컸다.

이 두 가지를 충족하는 여인을 찾는 게 가장 필요한 일이었
다.

그리고 자신이 가지고 있는 자료 중 문득 그에게 어울릴 만
한 여자 몇몇 사람이 머릿속에 떠올랐다.

하지만 이는 비공식 자료이고 함부로 사용해선 안 되는 자
료인 게 사실이다.

이 자료를 살리기 위해선 그 당사자들이나 그 부모를 만나
회원으로 만들어야 한다.

이제 시작하는 입장이지만 이 정도의 훌륭한 정보를 가지
고 성공하지 못하면 바보라는 생각이 들었다.

게다가 팔찌의 힘을 활용해 상대를 설득한다면 분명히 가능성은 농후하다고 생각하는 민성이었다.

"우선은 김대호하고 김성원을 만나 그들이 원하는 스타일이 어떤 것인지를 먼저 확인을 해야겠어."

민성은 멀리 있는 사람들보다는 우선 바로 시작할 수 있는 두 사람에게 신경 쓰기로 했다.

시작이 중요하다는 생각에 이들에게 원하는 여자를 소개해 주고 다른 사람들을 소개받는 것이 지금으로선 가장 좋은 방법이라 생각하는 민성이었다.

원래 이 계통의 일은 입소문을 타기 시작해야 손님이 많아지는 법이었다.

민성은 두 사람을 먼저 만나 회원을 가입을 시키는 것이 먼저라고 생각을 하고는 빠르게 움직이기 시작했다.

"여보세요?"

"안녕하십니까. 정민성이라고 합니다."

"아, 어쩐 일이십니까?"

"오늘 시간이 되시면 좀 만났으면 하는데요."

민성이 만나자는 말을 하자 대호는 바로 수락했다.

지난번부터 관심이 있던 상황이기도 하고, 자신도 이제는 자신이 바라는 스타일의 여자를 만나고 싶다는 생각도 한몫했기 때문이다.

게다가 아버지와 관계가 틀어진 이후 여자를 만나지 않는 이유는 아버지와의 문제 이후, 자신이 아버지의 도구로 전락 시키려는 듯한 것이 그에게 트라우마로 남았기 때문이다.

게다가 그 일로 결혼하지 않겠다고 선포했던 것이 있으니 더더욱 그러했다.

중매를 싫어하는 것은 아니지만 아버지에게 이용당하고 싶은 생각이 없었다.

결혼은 자신이 하는 것인데 평생 아버지의 그림자를 안고 살고 싶지는 않은 것이다.

"그러면 저녁 일곱 시에 우리 회사 근처에 좋은 카페가 있으니 거기서 만나죠. 위치는 문자로 보내드리겠습니다."

"알겠습니다. 그러면 일곱 시에 뵙겠습니다."

민성은 통화를 마치고 시간을 보았다.

아직 시간이 좀 남기는 했지만 사람을 만나는 것이기 때문에 미리 나가서 기다리는 것도 예의라고 생각하고는 일찍 나가기로 결정했다.

아직 직원들을 구하지는 않았지만 그렇다고 일을 안 할 수는 없다.

가지고 있는 정보를 살려서 직원들을 모집하는 순간이 올 때까지 고객들에게 인상을 남겨야 한다.

민성은 우선 김대호와 김성원이 원하는 스타일의 아가씨

들이 어떤 것인지를 알아보고 그들이 원하는 아가씨가 있는 지를 찾아볼 생각이었다.

커플 매니저를 하면서 민성이 느낀 것이 있는데 바로 서로가 원하는 상대를 찾으면 가장 좋겠지만 그렇지 않은 경우도 많을 수밖에 없으리란 점이었다.

그래서 자신은 절대 그러지 않기를 바랐는데, 그럴 만한 능력이 자신의 손에 쥐어져 있는 민성이다.

"나에게는 하오문의 정보력이 있으니 그런 걱정은 하지 않아도 되겠지."

민성은 하오문을 만난 것이 자신에게는 아주 좋은 인연이 되어주고 있었다.

약속 장소로 나가기 전, 민성은 철우에게 갔다.

그곳에서는 자신의 머리를 쥐어뜯으며 궁리하고 있는 철우의 모습이 있었다.

"나 지금 회원 모집하러 다녀올게. 그리고 아까 이야기한 것처럼 직원을 구하는 거는 믿을 만한 사람으로 골라줘. 나중에 골치 아픈 일이 생기지 않게 말이야."

"그래, 알아는 보는데 솔직히 자신은 없다. 내 인맥이 이거밖에는 안 된다는 사실이 지금 무진장 실망하고 있는 중이거든."

철우의 대답에 민성은 크게 웃었다.

"하하하, 재밌는 소리를 하네. 철우야, 인맥이 아무리 중요해도 결국 사람을 판단하는 것은 너와 내가 해야 하는 거니 그냥 편하게 생각해."

철우가 무엇 때문에 저러는 것인지를 민성도 대강은 알고 있었다.

처음 시작하는 회사이고 하니 믿을 수 있는 사람을 뽑으려고 하였기에 고심에 고심하는 중이라 그런 것이다.

"알았으니 그만 나가봐."

"그래, 나 다녀올게."

민성은 그렇게 말을 하고는 빠르게 사무실을 나갔다.

혼자 남은 철우는 자신의 인맥에 대해 다시 한 번 생각하는 기회가 되었고 그 인맥을 이용하여 믿을 수 있는 사람을 다시금 되짚어 보았다.

"그래, 찾다 보면, 부딪치다 보면 나오겠지. 싸우자."

라며 말이다.

＊　　　＊　　　＊

민성은 이번에 회사를 차리며 구입한 차를 타고 약속장소로 향했다.

이동하는 와중 민성은 하오문의 지부장에게 연락을 취하는 걸 잊지 않았다.

아직은 회사에 자료가 많이 부족하기 때문에 이들의 정보가 필요했기 때문이다.

"예, 고문님."

"다른 것이 아니라 우리나라에 결혼하지 않은 젊은 남녀에 대한 자료를 구하려고 하는데 가능하겠습니까? 물론 정재계의 인물들도 포함해서입니다."

"너무 방대하고 막연하군요. 그렇게 방대한 자료는 시간이 시간이 좀 턱없을 만큼 오래 걸릴 것 같습니다, 고문님."

"그럼 1차적으로 정재계를 포함하여 상위 30퍼센트 안에 들 만한 인원들로 부탁드릴게요. 시간이 걸려도 상관이 없으니 자료를 최대한 빨리 부탁 좀 할게요."

"알겠습니다. 그럼 바로 정보를 모아 보도록 하겠습니다."

지부장은 군소리없이 민성이 하라는 요구를 그대로 받아들였다.

민성은 그런 지부장이 아주 마음에 들었다.

자신의 지시에 불만을 말하지 않고 바로 이행한다는 게 보통 일이 아님을 알기에 그러했다.

아마 하오문 안에 우리나라의 젊은 결혼 적령기 남녀 전체는 아니더라도 상위권에 속한다 말할 수 있는 이들의 정보는 나름 모아둔 상태일 게 분명했다.

하지만 그렇다 해도 그 양이 어마어마하기 때문에 한동안은 꾸준히 정보 수집을 위해 돌아다닐 것이 분명했다.

그 자료들이 수중에 들어오면 그 다음엔 민성이 스스로 발로 뛰어다니면 중요한 인원들을 회원으로 끌어들이기 위해 애를 쓸 생각이었다.

우선은 가장 상위층에 있는 자녀들을 회원을 만들고 그 다음에 일반인으로 확대해 나갈 계획이었다.

회사의 이미지는 하루아침에 만들어지는 것이 아니라는 것은 민성도 잘 알고 있었다.

가장 대한민국에서 파워를 가지고 있는 이들을 자신들의 편으로 끌어들일 생각이었다.

민성이 약속장소에 다다라 시간을 보았을 때 아직 약속 시간은 어느 정도 여유가 있었다.

"이제 올 시간이 되었네."

민성은 김대호이 올 시간이 되자 느긋한 모습으로 상대를 기다렸다.

사람을 만나는데 가장 중요한 것은 좋은 이미지였다.

민성은 그런 이미지를 주기 위해 기다리고 있는 모습을 보여주려고 하였다.

민성의 생각대로 대호가 들어오면서 주변을 보며 민성을 찾았다.

"여깁니다."

민성은 대호가 들어오자 바로 손을 흔들어 주었다.

대호는 민성을 발견하고는 바로 다가왔다.

"아직 시간이 되지 않았는데 벌써 왔네요."

"하하하, 약속을 지키라고 있는 것이 아닙니까. 오늘은 조금 일찍 왔습니다."

"하하하, 이거 제가 늦었으면 큰일 날 뻔했네요."

대호는 민성이 먼저 와서 자신을 기다려 주었다는 것에 솔직히 조금은 기분이 좋았다.

여자를 만나는 것도 중요하지만 서로간의 믿음이 없으면 곤란했기 때문이다.

이런 작은 일에도 신뢰가 보이니 대호의 입장에서는 아주 기분이 좋았다.

"오늘 제가 뵙자고 한 이유는 지난번에 말씀드렸던 회원 가입과 관련해서 말씀드리려 해서 그렇습니다. 우선 회원이 되어 주시고 원하시는 이상형과 조건 등을 말씀해주시면 거기에 가장 가까운 인원을 찾아 연결해 드리겠습니다. 그리고 이를 위한 가입 서류 등도 준비되어 있고요."

김대호는 이미 태수의 말을 모두 들었기에 민성이 하는 이야기를 듣고 거절할 이유가 없었다.

자신이 원하는 이상형에 가까운 여자를 소개해 주겠다는데 싫어할 남자가 어디에 있겠는가 말이다.

"그럼, 회원에 가입하면서 자신의 이상형을 이야기하기만 하면 된다는 건가요?"

"예, 그렇게 하시면 됩니다. 원하시는 여성분의 스타일과 어떤 분을 선호하시는지를 알아야 저희도 소개해 드릴 수가 있으니 말입니다."

민성의 말대로 원하는 이상형을 알아야 상대를 찾기 위해 애를 쓴다는 것은 대호도 충분히 이해할 수 있는 내용이었다.

"알겠습니다. 그러면 바로 회원 가입 절차를 밟지요."

대호는 태수 때문에 민성에게 상당한 호감을 가지고 있었기에 바로 회원 가입에 나섰다.

민성은 대호를 보며 이런 이들이 많이 있으면 회사가 망하는 일은 없을 것이라는 생각을 문득 떠올렸다.

아직은 원더풀이라는 회사의 이름을 모든 이들에게 알려야 하는 상황이고, 민성이 직접 움직이며 좋은 이미지를 만들어가고 있는 중이었다.

그래야 나중에는 고생하지 않아도 인연이 닿을 것이란 확신에서였다.

대호가 회원가입 서류를 작성하고 나자 민성은 대호가 적은 서류를 다시금 확인했다.

그리고 그가 원하는 스타일에 대한 이야기를 쭉 살펴보고
되물었다.

"원하시는 스타일의 여성분이 여기에 적혀 있는 그대로입
니까?"

"예, 그 정도면 저는 만족합니다. 물론 조건이 더 좋으면
좋은 일이지요."

김대호도 야망이 없는 남자는 아니었기에 하는 소리였
다.

민성은 모든 남자들이 마음속으로는 야망을 가지고 있다
는 사실을 알고 있었다.

다만 이들은 그런 야망을 가지고 있지만 아직은 자신의 야
망을 펼치지 못하기 때문에 감추고 있었다.

김대호도 그런 인물 중 한 명이었다.

"저희가 마음에 드시는 분으로 소개를 준비하겠습니다."

"하하하, 알겠습니다. 그 말을 들으니 잔뜩 기대가 되는군
요."

김대호는 그렇게 이야기를 하며 솔직한 소감을 밝혔다.

이는 태수의 영향 때문이었다.

이들은 태수와는 친구로 커왔고 태수의 병이 무엇인지를
알고 있었다.

그런 태수가 결혼할 수 있게 되었다는 이야기를 듣고는 솔직히 많이 놀랐다.

그리고 그 배후가 민성이 있다는 소리에 자신들도 소개를 받고 싶다며 이야기했고 결국 이렇게 회원가입에 이르렀다.

민성은 김대호와 이야기를 마치고 김대호가 원하는 이성을 찾아줄 것을 약속하곤 자리를 떠났다.

그런 민성의 손에는 회원이 된 김대호의 인적사항이 적혀 있는 서류가 들려 있었다.

"후후후, 이렇게만 계속 잘되었으면 좋겠다. 잘되어야 모든 매듭이 풀릴 테니까."

민성은 자신이 하는 일이 결국은 입소문에 달렸다는 것이 마음에 들지 않았지만 자신이 어찌할 수 있는 것이 아니다.

이를 통해 크게 회사를 키우고, 자신의 힘이 되어줄 아군을 모으는 것이 필요하다.

민성의 이런 생각은 결국 회사에 많은 도움을 주게 될 것이 분명했다.

철우 또한 민성의 말대로 가지고 있는 모든 인맥을 동원하여 새롭게 함께할 식구들을 찾았다.

그러다가 그중에 몇 명을 찾을 수가 있었다.

"그래, 이 사람들이라면 크게 문제가 없이 같이 있을 수가 있겠네."

철우는 자신이 찾은 사람들을 다시 확인을 하면서 아주 만족한 얼굴이 되었다.

사람을 뽑는 일이고 회사에 이득이 되어야 하기 때문에 사실 많이 고민을 하였다.

그런 고민의 결과가 지금 자신의 손에 들려 있는 서류였다.

모두 다섯 명의 매니저인데, 이들은 나름 업계에서 오랜 시간을 버틴 경험자들이었지만 그에 비해 그 명성이 약한 사람들이었다.

이런 계통의 사람은 우선은 명성이었고 그 다음이 능력이었는데 이들은 능력은 있지만 명성이 없는, 업계의 이단아들이었다.

"우선은 이들에게 먼저 연락하고 이야기하는 게 좋지 않을까?"

철우는 이들에게 먼저 연락해서 원더풀에 올 수가 있는지를 확인하고 민성에게 이야기를 하는 것이 좋을 것 같았다.

괜히 이야기를 꺼내 놓고 되지 않으면 망신만 당할 것 같아서였다.

철우가 그러고 있을 때 민성이 사무실로 들어오고 있었
다.

"수고하셨습니다, 실장님."

"수고는요. 어디 전화 온 곳이 있나요?"

"오늘은 연락이 없었습니다, 실장님."

"알았어요."

민성은 대답하고는 바로 철우가 있는 곳으로 갔다.

"무슨 생각을 하는데 그렇게 심각한 얼굴을 하고 있는 거
냐?"

민성이 보기에 철우의 얼굴이 상당히 심각해 보였기 때문
이다.

철우는 민성이 사무실로 들어온 사실도 모르고 생각에 빠
져 있었는지 갑자기 들려오는 민성의 목소리에 깜짝 놀라고
말았다.

"뭐야! 어우, 놀래라. 언제 왔어?"

"지금 왔는데 무슨 일이야?"

"응, 다른 것이 아니라 새로 뽑을 직원들 말이야……."

철우는 민성이 자신의 표정을 보고 묻는 바람에 결국 생각
하고 있었던 것들을 이야기하기 시작했다.

민성은 이를 들으면서 조금은 이해가 가지 않는다는 표정
을 지었다.

“그러니까, 이단아라고 불리는 그 사람들은 능력이 있는데 이상하게 명성을 쌓지 못하고 있다는 이야기야?”

“응, 그들의 입장에서 보면 좋지 않은 일이지만 마치 누군가가 방해하고 있는 것처럼 일이 꼬여서 계속해서 실패하는 바람에 명성을 쌓지 못했어.”

민성은 철우가 하는 이야기를 들으며 누군가가 수작을 부린 것이라고 직감적으로 느껴졌다.

그런 인물들이라면 민성은 반대하고 싶지가 않았다.

물론 그들의 능력이 얼마나 대단한지는 모르지만 우선은 그 열정을 존중해 주고 싶었다.

“우리가 영입을 하려고 하면 올 수는 있는 거야?”

“그들이 다니는 회사도 그리 돈이 많은 회사는 아니기 때문에 솔직히 회사에 근무를 하면서도 눈치를 보고 있는 모양이야.”

그 정도의 위치에 있다면 말만 하면 바로 오겠다고 할 수도 있었다.

민성은 철우의 말을 들으면서 누군가가 이들을 나락으로 떨어지게 하고 있다는 생각이 들었다.

“우선은 먼저 만나보고 결정을 하자.”

“알았어. 연락은 내가 해볼게.”

“그래, 만나서 얼굴을 보고 이야기를 해야 인재인지를 알지. 아무 때나 약속을 잡아."

"알았다."

철우는 민성이 쉽게 허락을 하자 조금은 안심이 되었는지 얼굴이 펴지고 있었다.

CHAPTER
09
인
재
영
입

철우는 자신이 원하는 사람들에게 연락을 하여 이들에게
만날 약속을 정할 수가 있었다.

이들은 이미 회사에서 제명을 당하기 일보 직전이었기에
철우의 말을 듣고는 바로 만나자고 하였다.

철우가 말한 이들은 능력이 있지만 이상하게 이들이 하는
일들이 꼬이는 바람에 실적이 없었다.

하지만 아직까지 이 업계에 남아 있을 수 있었던 것도 그
능력 때문이었다.

비록 큰 건수는 실패를 하지만 작은 건수를 성공하는 경우

가 많았기에 아직까지 업계에 남아 있을 수가 있었던 것이다.

철우는 이들과 연락을 하며 한 가지 묘한 사실을 알아냈는데 이들이 모두 같은 학교를 졸업하였다는 것이었다.

결국 모두 같은 학교의 선후배 사이라는 것이었다.

"거참, 알 수 없는 일이네. 같은 학교의 선후배 사이로 업계에 남아 있으니 말이야."

철우는 신기한 눈빛을 하며 서류를 보고 있었다.

우선 회사의 입장에서는 능력이 있는 인재들이 필요했고 철우가 보기에는 이들이 가장 회사에 어울리는 사람들 같았다.

철우는 서류를 들고 민성의 방으로 갔다.

똑똑

"들어오세요."

문이 열리면서 철우가 안으로 들어왔다.

"여기 우리가 필요한 사람들의 서류인데 한 번 검토를 해주었으면 해서."

"그래? 줘봐."

민성은 철우가 주는 서류를 보았다.

한참을 보고 있던 민성의 눈빛이 조금은 묘하게 변하기 시작했다.

서류를 보니 이들은 누군가가 묘하게 견제를 받고 있다는 느낌이 들어서였다.

"이 사람들에 대한 이력이 왜 이래?"

"제법 능력은 있는데 이상하게도 큰 건에서는 실패만 하더라고. 내가 보기에는 누가 개입해서 그렇게 만들어 버린 것같은 생각이 들어."

"동감이야. 내가 보기에도 그렇게 느껴지는데? 우선은 사람들을 먼저 보고 결정하자. 약속 날짜를 잡은 거야?"

"그래, 모레에 만나기로 했어."

"오케이, 그렇게 알고 있을게."

민성의 대답에 철우는 나갔고 민성은 서류에 나와 있는 이들에 대한 조사를 하오문에 부탁하려고 했다.

이런 조사는 금방 할 수가 있었기 때문에 그렇게 시간이 걸리지 않을 것이라 생각했다.

사람을 뽑는 일인데, 그냥 쉽게 지나치기엔 수상한 점이 많았고, 왠지 수상한 점들이 많았기에 그랬다.

"거참, 신기한 사람들이네? 어떻게 자신들이 하는 일을 방해하는 존재가 있는 것도 모르고 있을 수 있는 거지?"

민성은 이들이 노력을 상당히 하는 사람이라는 것을 알 수가 있었지만 문제는 이들이 어디를 가도 방해하려는 존재가 있을 것이라는 생각에서였다.

만약에 자신의 회사에 입사했는데도 방해하는 존재들이

찾아든다면 민성은 그들을 그냥 두지 않을 생각이었다.

물론 민성에게는 그런 정보를 가지고 오는 하오문이 있기에 내릴 수가 있는 결정이었다.

민성은 메일로 하오문에 연락하여 이들에 대한 조사하라고 지시를 내렸다.

전화하는 것도 좋지만 이렇게 지시를 내리는 것을 하오문에서는 더 좋아했다.

정보 단체라는 것이 은밀함이 생명이기 때문에 가지는 생각이었다.

민성은 이들에 대한 조사는 하오문에서 알아서 처리할 것이니 더 이상은 신경 쓰지 않았다.

내일이면 이들에 대한 모든 정보가 자신에게 전해지기 때문이었다.

다음 날, 민성은 자신의 메일에 도착한 것을 보고 있었다.

"이들이 하는 일을 방해하는 존재가 있기는 하네. 그런데 이들과 친구 사이라고 하면서 왜 방해를 하는 것이지?"

하오문의 정보에 의하면 이들은 모두 같은 학교의 선후배 사이였고 서로에게 도움을 주기 위해 같은 직종에 근무하고 있었다.

이는 학교에서부터 이어진 친분 때문에 같은 일을 하게 되었다고 한다.

하지만 이들이 친하게 지내는 것을 시기하는 존재가 있었
는데 바로 이들과 같은 학교를 다니던 이종철이라는 인물이
었다.

이종철은 아버지의 인맥을 이용하여 이들이 하려고 하는
일들을 사사건건 방해해온 것이다.

주로 건수가 큰 것은 이종철이 방해해서 성사가 되지 않게
했다.

그 덕분에 이들은 업계에서 좋지 않는 평을 받게 되었고 이
상한 소문에 시달리고 있는 중이었다.

하지만 다섯 명의 남자는 그런 일에 흔들리지 않고 열심히
노력하고 있었는데 민성이 보기에는 배경이 없으니 당하고
있는 약자와 같아 보였다.

"아무래도 종철인가 하는 놈과 무슨 이유가 있을 것 같은
데 말이야. 만나 보면 알겠지."

민성은 그렇게 생각하고 메일을 닫았다.

대강 이들에 대한 정보를 보았으니 이제 자신의 판단만이
남았기 때문이다.

민성은 약자를 좋아하지는 않는다.

아무리 약자라고 해도 기본적인 노력조차 하지 않은 사람
은 필요가 없다고 생각하고 있어서였다.

자신이 예전에 당했던 것도 결국 같은 이유였으니 말이다.

하지만 민성이 보고 있는 다섯은 최대한 노력을 하고 있었
다.

단지 친구의 방해로 결과가 좋지 않게 나오고 있어서 만나
볼 생각을 하게 되었다.

원더풀에는 많은 인재들이 필요하였고 이런 사람들이라면
충분히 자신의 일을 할 수 있을 것이라는 판단이 들었다.

"이제 우리 회사는 회원을 만들기 위해 움직여야 하니 이
런 사람들이 필요하기는 하지. 성실하다고 하니 우선은 만나
보고 결정하도록 하자."

민성은 그렇게 결정을 내리고 정리를 했다.

이제는 당사자들을 만나서 풀어야 하는 문제만 남았기 때
문이다.

철우는 오늘 만나기로 한 다섯 명의 남자를 기다리고 있었
다.

자신이 먼저 연락하여 오기로 하였기 때문에 이들에게 실
수하지 않기 위해 업무를 조금 미뤄두었다.

사무실의 문이 열리면서 다섯 남자가 들어왔다.

"여기가 원더풀 결혼정보회사입니까?"

"어서 오세요. 안 그래도 기다리고 있었습니다. 제가 연락
드린 이철우입니다."

철우는 남자들이 들어오자 바로 인사를 하였다.

"안녕하십니까. 김현우라고 합니다."

"서재원입니다."

"이민석입니다."

"한효원입니다."

"저는 이대성이라고 합니다."

다섯 명의 남자는 각자 이름을 밝히며 인사를 하였다.

철우는 다섯 남자를 보며 이들이 눈빛이 참 맑다고 생각이 들었다.

"자, 이리로 오세요. 오늘 만나실 분은 우리 회사의 오너이신 정민성 실장님이십니다."

철우는 그렇게 말을 하고 이들을 데리고 민성이 사무실로 갔다.

똑똑.

"예, 들어오세요."

민성의 대답에 철우는 문을 열고 안으로 들어갔다.

"오늘 면접을 보신다고 한 분들이 오셨습니다."

"들어오시라고 해줘요."

철우와 민성은 이제 새로운 사원들이 오면 서로 말을 조심하자고 맞추어 이렇게 존대하기로 입을 맞춰둔 상태였다.

두 사람이 서로 반말을 사용하게 되면 이는 회사의 기강이

서지 않는다고 철우가 강력하게 주장하여 민성도 결국 철우
의 뜻대로 그렇게 하기로 하였던 것이다.

다섯 명의 남자는 민성의 사무실로 들어오면서 약간 긴장
을 하고 있었다.

이제 새로운 회사로 면접을 보러 온 것이라 최대한 신경을
쓰고 있는 중이었다.

"제가 여기 원더풀의 실장으로 있는 정민성이라고 합니다.
우선 자리에 앉아서 이야기를 하도록 합시다."

민성의 사무실에는 이들도 모두 앉을 수 있을 저도로 큰 쇼
파가 있었다.

민성의 말에 모두 자리에 앉았고 민성은 철우를 보았다.

"여기 이분들 이력서는 없는 건가요?"

철우는 민성의 말에 자신이 실수하였다는 것을 알았다.

"죄송합니다. 제가 아직 이력서를 받지를 않았습니다. 실
장님."

"아닙니다. 오시고 바로 여기로 오셨으면 그럴 수도 있지
요. 우선 이력서는 가지고 오셨지요?"

민성의 질문에 다섯 명의 남자 중에 한 명이 대답했다.

"여기 있습니다,실장님."

한 남자가 서류 봉투를 건네자 민성을 봉투를 받아 안에 있
는 이력서를 꺼내 보았다.

한참의 시간이 지나고 이력서를 내려놓은 민성이 남자들을 보며 입을 열었다.

"제가 가장 궁금해하는 것이 있는데 어느 분이 대답을 해 주실지 모르겠네요. 우선 여러분의 실력이라면 충분히 성장할 수도 있을 텐데 아직까지 실적이 부족한 이유가 무엇이라고 생각하십니까?"

민성의 직설적인 질문에 다섯 명의 남자들은 바로 대답하지 못하고 있었다.

이들도 이종철이 자신들을 방해해서 그렇게 되었다는 사실을 모르지는 않았다.

하지만 자신들의 힘으로는 이종철을 어떻게 할 수가 없기에 당하고만 있었다.

민성은 이들의 얼굴에서 상당히 곤란한 표정을 읽을 수가 있었다.

"제 질문이 어려웠나 보군요. 그러면 먼저 묻지요. 이종철이라는 분을 아십니까?"

민성의 말에 다섯 남자는 깜짝 놀라는 표정을 지으며 민성을 보았다.

"아니, 어떻게 그 이름을 아십니까?"

"저희 회사에 근무를 하실 분들이니 당연히 약간의 조사를 했지요. 물론 이런 조사를 하게 되어 불쾌하셨다면 사과드리겠습니다."

이런 업종에 근무하는 사람이면 누구나 신원조회는 기본
으로 하고 있었다.

그런 일은 그리 문제가 되지 않았기에 이들도 고개를 끄덕
이며 이해를 했다.

"아닙니다. 사원에 대한 조사는 회사에서 당연히 할 수 있
는 일이라고 생각합니다. 그런 일로 기분이 상하지는 않았습
니다."

"그래요? 그러면 질문에 답을 하실 준비가 되었나요?"

남자는 민성의 말에 입술을 깨물었다.

어차피 오너가 아는 일이라고 생각하니 편하게 생각하기
로 마음의 결정을 하게 되었다.

"예, 준비되었습니다."

민성은 남자의 얼굴이 굳어졌지만 무언가 결심했는지 눈
빛을 강하게 빛내는 것을 보고 내심 마음에 들었다.

"제가 개인적으로 조사를 해보니 여러분은 이종철이라는
분과 아는 사이라고 하더군요. 그런데 그분이 왜 여러분들이
하는 일을 방해하는 것이지요?"

민성의 말에 남자는 눈빛이 흔들렸지만 이내 정색을 하고
대답을 해주었다.

"이종철은 정확하게 말해서 저와 같은 학번의 친구였습니

다. 졸업하고 나서 직장을 구하려고 할 때만 해도 사이가 이렇게 나쁘지가 않았습니다. 저희들 모두와 친하게 지내는 사이였는데 한 여자가 나타나면서 사이가 틀어지게 되었습니다.”

남자는 이종철과 왜 사이가 갈라졌는지에 대해 아주 상세하게 설명을 해주기 시작했다.

이종철이라는 이름이 나오자 다섯 명의 남자는 모두 얼굴이 굳어지고 있었다.

이종철과 이들은 학교 때부터 매우 친하게 지내는 사이였다.

이들 중 김현우가 직장을 구하는 도중에 한 여성이 위험에 처해 있는 것을 보고 구해주게 되었는데 그 인연으로 여자와 친하게 지내게 되었다.

그런데 문제는 그 여자의 미모가 생각보다는 뛰어났고 이종철이 첫눈에 여자에게 반하고 만 것이다.

여자는 이종철에게는 관심을 보이지 않고 자신을 구해준 현우에게 정을 느끼고 있었기에 종철은 답답해했다.

종철의 집안은 이들이 생각하는 이상으로 막강한 힘을 가지고 있었는데 그런 자신이 여자 하나 어찌하지 못한다는 것에 화가 나기 시작했다.

결국 이종철은 비열한 방법을 이용하여 여자를 자신의 품에 안게 되었고 그런 사실을 알게 된 현우는 그런 이종철을 만나 주먹으로 패주고 말았다.

이종철도 자신이 지은 죄가 있어 현우의 주먹을 고스란히 맞아주었다.

그런데 문제는 이종철과 관계를 가진 여자가 한 장의 편지만 전해주고는 외국으로 떠나 버린 데 있었다.

그 편지에는 자신은 현우를 사랑하고 있기 때문에 종철과는 더 이상 만날 수가 없다고 하며 찾지 말라고 적혀 있었던 것이다.

이종철은 여자가 떠나자 화를 풀 대상을 찾았고 그 대상이 현우와 일행에게 향한 것이다.

그 후로 이들이 하는 일에는 이종철이 사사건건 개입하며 방해를 하였고 결국 큰 건수는 한 개도 하지 못하고 말았다.

비록 작은 건수는 방해를 하지 않아 성공하였지만 큰 건수는 단 한 번도 성공하지 못한 탓에 이들이 버는 액수는 그리 많지가 않았다.

버는 돈이 없으니 생활이 힘들어졌고 이들도 나름 방법을 찾고 있었지만 이종철은 자신들이 알고 있는 것과는 차원이 다른 집안의 자식이라는 것을 알고는 자신들의 힘으로는 어찌할 도리가 없었다.

그래도 포기하면 지는 것이라는 생각에 이들도 나름 살아

나갈 방법을 모색하고 있다가 철우의 연락을 받아 여기로 오게 된 것이다.

긴 이야기를 모두 들은 민성은 이제 이유를 명확하게 알게 되었다.

결국 한 남자의 집착으로 인해 고생하고 있다는 이야기였다.

"우리 회사에서 일을 하시게 되면 앞으로 어떻게 하실 생각이십니까?"

"저희를 고용해 주신다면 최선을 다해 열심히 일을 해보고 싶습니다."

이들은 지금 있는 회사에서 지금 잘리기 일보 직전의 상황이었다.

실적이 없으니 회사의 입장에서는 당연한 조치였다.

그런 상황에서 철우에게 연락이 왔으니 이들에게는 하늘에서 내려온 동아줄과 같은 기회였다.

그런 기회를 포기할 정도로 이들이 멍청하지는 않았기에 오늘 이 자리에 앉아 있는 것이지만 말이다.

"좋습니다. 앞으로 우리 최대한 열심히 노력해 봅시다. 환영합니다."

민성이 하는 말에 다섯 명의 남자는 감격하고 말았다.

"가, 감사합니다, 실장님."

남아 있는 네 남자들도 눈빛이 흔들리고 있는 것이 감격을 참지 못하는 모양새였다.

"앞으로 우리 회사에서 하시는 일에는 이종철이라는 사람의 개입은 없을 겁니다. 앞으로 잘해 봅시다."

민성의 발언은 이들에게 엄청난 풍파를 주었다.

"실장님, 저기 이종철의 집안은 정계 집안입니다."

"알고 있습니다. 하지만 우리 회사의 일에는 개입하지 못하게 할 수가 있으니 걱정하지 않으셔도 됩니다. 제가 그 정도의 힘은 가지고 있으니 말입니다."

민성의 말대로 하오문의 정보력을 이용하면 그 정도는 충분히 할 수가 있었다.

그만큼 하오문의 힘은 무시를 할 수 없을 정도였다.

한국 지부의 하오문은 이미 국정원과도 연관이 되어 있을 정도로 상당한 영향력을 가지고 있었다.

민성도 처음에는 몰랐지만 시간이 지나면서 알게 된 사실들이었다.

그런 인맥을 가지고 있는 하오문이었기에 이렇게 정보를 모을 수가 있었고 말이다.

다섯 명의 남자는 민성이 이종철의 개입을 막아주겠다고 하자 눈빛이 달라지기 시작했다.

가난하게 살았지만 자신들에게는 능력있다고 생각을 하며

최대한 열심히 살려 싸워온 그들이었다.

이종철의 방해로 매번 실패해왔지만, 이제는 든든한 방패막이 생겼으니 이들의 입장에서는 아주 좋은 일이었다.

"정말 감사합니다. 저희를 고용해 주시고 걱정하지 않고 일을 할 수가 있게 해주신다고 하니 정말 감사합니다."

다섯 남자는 눈가에 눈물이 고이고 있는 것을 볼 수가 있었다.

그동안 이들이 얼마나 마음고생을 했는지를 보여주고 있었다.

민성은 자신의 식구들에게 만약에 이종철이 또 같은 짓을 하면 절대 가만두지 않을 생각을 하고 있었다.

이는 민성이 김호철에게 당한 다음부터 가지게 된 생각이었다.

무전유죄, 유전무죄라는 단어를 민성은 교도소에 있으면서 정말 뼈저리게 느꼈고, 앞으로는 절대 그런 일이 생기지 않게 하겠다는 다짐하기도 했었다.

"지금 다니시는 회사와는 어떻게 되어 있나요?"

"저희는 내일부터 출근을 할 수 있습니다, 실장님."

이들이 다니고 있는 회사에서는 이미 이들에 대한 정리가 진행되어 이제는 출근하지 않아도 회사에서 이들을 찾을 일도 없었다.

그만큼 이들의 실적은 저조하였고 이로 인해 많은 피해를 입고 있었다.

출근한다 해도 하루 종일 잔소리를 들을 정도였으니 말이다.

심각한 인격적인 공격도 이들은 묵묵히 감내하고 회사에 나갔던 이유는 지지 않으려는 마음 때문이었다.

"그렇다면 다른 문제는 없으니 내일부터 출근하세요. 앞으로 우리 원더풀과 함께 꿈을 키워보세요. 여러분의 활약을 기대해 보겠습니다."

민성의 말에 다섯 명의 남자는 눈빛이 타오르기 시작했다.

꿈을 키우기 위해 이 일을 시작하였는데 이종철 때문에 순식간에 무너지게 되어 희망 없이 하루하루를 연명하고 있던 그들이었다.

그러나 이제는 그러지 않아도 되었기에 이들은 다시 꿈을 꾸기 시작했다.

희망을 가지기 시작하니 눈빛이 달라졌고 의욕이 넘치는 모습을 변해가고 있었다.

민성은 그런 이들을 보며 고개를 끄덕이며 제법 좋은 사람들을 만났다고 생각했다.

'이 정도의 인물들이라면 충분히 성공할 수 있을 거야. 이종철의 문제는 하오문에 연락하여 처리하도록 해야겠다. 아

니면 내가 가서 정리하는 것도 나쁘지 않고 말이야.'

민성은 가지고 있는 무력을 의미 없는 일에 사용하지 않겠다고 다짐했기에 함부로 힘을 사용하는 행동은 하지 않았다.

하지만 지금과 같은 일에는 자신의 힘과 모든 것을 동원하여 상대해 줄 생각을 하고 있었다.

이종철의 행동이 민성이 보기에는 절대 해서는 안 되는 짓을 하고 있었기 때문이었다.

이종철이 아무리 정치권의 인물들이 있는 집안이라고 해도 하오문이 움직이게 되면 그런 집안 정도는 충분히 상대할 수 있다고 믿는 민성이었다.

민성이 하오문의 정보력을 이용하고는 있지만 아직 그들의 힘을 모두 파악한 것은 아니었는데 민성이 생각하는 이상으로 하오문의 힘은 거대했다.

한국에 있는 지부의 힘만 가지고 있는 것이 아니라 정치적으로 다른 나라의 정치인들과의 연관이 있기 때문이다.

특히 한국은 중국과 연관이 많이 있기 때문에 하오문의 힘을 절대적으로 무시하지 못하고 있었다.

CHAPTER
10

회원을 만들어라

　　원더풀은 새로운 사원을 보충하면서 더욱 탄력을 받을 수 있었다.

　　원더풀의 처음 있는 회의에 상당수의 남녀가 모여 있었다.

　　"자, 오늘부터는 매우 바쁘게 움직여야 할 겁니다. 여기 이 서류는 우리 회사의 특급 비밀들이 담겨 있는 서류입니다."

　　민성은 그렇게 말을 하면서 각자 한 부씩 나누어 주었다.

　　철우는 처음에 이들에게 정보를 주는 것을 반대하였는데 민성이 그런 철우를 설득하는 데 성공했다.

　　철우는 민성의 이야기를 듣고는 충분히 공감이 가는 이야기였기에 넘어가지 않을 수가 없었다.

"철우야, 여기 나와 있는 인적사항들은 아직 우리 회사에 회원으로 가입하지 않은 사람들 중 가장 끌어들여야 할 것으로 생각되는 사람들이야. 그런데 보면 알겠지만 이렇게 많은 사람들을 내가 혼자 만나서 회원으로 가입시키려면 얼마나 많은 시간이 걸리겠냐? 너는 내가 피로로 인해 죽고 싶은 건 아니겠지?"

철우는 민성의 말대로 서류를 보고는 바로 민성의 말을 이해하게 되었다.

그 안에는 무려 천여 명의 남녀가 있었고 그렇게 많은 사람들을 민성이 혼자 만날 수가 없었기 때문이었다.

"미안하다. 나는 이렇게 많을 줄은 몰랐다."

철우는 서류를 보고는 바로 미안하다고 사과를 하며 새로운 직원들과 같이 정보를 공유하는 것을 하자고 하였다.

민성과 철우는 그렇게 직원들과 정보를 공유하는 것을 결정을 내리게 되어 오늘 이렇게 민성이 이들에게 서류를 보여주게 된 것이다.

민성이 주는 서류를 받은 다섯 명의 직원들은 각자 앞에 있는 서류를 확인하기 시작했다.

그런데 보는 순간 이들은 그 안에 있는 내용이 엄청나다는 것을 알게 되었고 절로 번쩍 고개를 들어 민성을 바라보았다.

민성은 지금이 기회라고 생각을 하고 입을 열었다.

"지금 보고 있는 자료는 우리 회사가 힘들게 구한 정보입
니다. 여러분은 이제부터 그 안에 있는 남녀들을 만나서 회원
으로 가입시키는 일을 하게 될 겁니다. 보시면 알겠지만 그
안에 있는 남녀들 중 재벌가의 자식도 있고 정치인의 자식들
도 있습니다. 저는 각자의 능력을 믿기 때문에 이런 고급 정
보를 제공하기로 하였습니다. 저의 믿음에 좋은 결과가 있기
를 바랍니다."

"정말 감사합니다, 실장님."

"회사에서 이렇게 지원을 해주는데 실패는 없을 겁니다.
믿어주십시오."

다섯 명의 남자는 의욕이 넘치는 눈빛을 하며 민성을 보았
고 민성과 철우는 이들의 모습을 보며 더욱 믿음이 갔다.

실패로 인해 힘들게 살았던 이들이기 때문에 성공에 더욱
목이 메어 있음을 알수 있었다.

민성은 이들에게 접근을 하는 이종철에 대한 문제는 우선
하오문에 알려 더 이상은 접근을 하지 못하게 하라는 지시를
내려두었다.

하오문의 지부장은 그 정도는 가능하다고 하며 걱정하지
말라는 말을 해주었기에 민성이 신경 쓰지 않고 일할 수 있었

던 것이다.

"자, 원더풀의 미래는 여러분의 손이 달렸다는 사실을 아시고 이제부터 열심히 움직이도록 합시다. 미래는 우리의 노력으로 바꾸어 나가도록 합시다."

"예, 실장님."

"열심히 하겠습니다, 실장님."

"최선을 다하겠습니다."

이들은 나름 능력을 가지고 있는 인재들이었는데 누군가의 방해로 인해 그동안 힘들게 살았지만 이제는 다르게 변할 것이다.

누구보다도 자신들의 능력을 발휘하여 앞서가는 그런 사람들로 변하게 될 것을 민성은 믿고 있었다.

원더풀은 그 후로 부지런히 움직였고 다섯 명의 남자들도 놀라운 실력을 발휘하기 시작했다.

정치인의 집안인 이종철의 방해가 없으니 이들은 걸리는 것이 없다는 듯이 빠르게 움직였고 만나는 사람들과 대화도 리드하여 빠르게 세를 늘려갔다.

이는 불과 일주일이라는 시간 동안 이룩한 것이라고는 믿을 수가 없을 정도의 성과였다.

민성은 이들의 성과를 보고 흡족한 표정이었지만 철우는 진심으로 놀라고 있었다.

"아니, 이런 능력을 가지고 있으면서 어떻게 그렇게 실적이 없을 수가 있는 거야?"

"하하하, 우리는 아주 제대로 대박을 건진 거야."

"아무리 이종철이 방해했다고는 하지만 이렇게 차이를 보이는 것은 조금 이상하다는 생각이 들지 않냐?"

철우는 너무도 실적이 달라지니 불안한 생각이 들었기에 하는 소리였다.

민성은 이들이 이번에 일하면서 최선을 다하고 있다는 사실을 알고 있었다.

그동안의 서러움을 풀려고 하는지 이들은 잠까지 줄여가며 일하고 있다는 것을 알기에 민성은 철우의 걱정이 지나치다는 것을 알았다.

"그런 걱정은 하지 말고 앞으로 자금 운영에 대해서나 신경 써, 나도 조사해 보았는데 저들은 그동안 이종철이 때문에 행동에 제약은 없었지만 보이지 않는 힘이 개입해서 사람들을 만나는 것을 방해받아 왔더라."

"그러면 지금은 그런 힘이 개입하지 않는단 소리야? 어째서?"

"그런 게 있어. 어쨌든 지금은 개입하지 못하게 되었으니 저들은 앞으로 더욱 좋은 실적을 가지고 올 거야. 저들을 믿으라고."

민성의 확신에 가까운 소리에 철우는 우선은 믿을 수밖에 없었다.

자신이 모르는 정보력을 가진 민성이었기에 그들에 대한 조사했다고 하니 이제는 조금 안심했다.

"그러면 나는 이제부터 회원들을 관리해야 하겠다. 수경 씨와 미선 씨가 이제는 매우 바빠지겠네."

철우는 관리과장을 하면서 두 명의 아가씨가 그의 밑으로 배속이 되었다.

다만 그동안 일이 없으니 할 일이 없었지만 이제는 본격적으로 바쁘게 움직일 시기가 된 것이다.

"그래, 사람이 부족하면 더 뽑아서 써. 힘들게 일하면 그만두는 수가 있으니 적당하게 뽑아서 쓰라고."

"알았어. 관리직원은 알아서 뽑을게."

철우는 민성의 마음이 고마웠다.

사실 과장이라는 직급도 민성이 만들어 주어서 그렇지 철우 같은 경우에는 그런 직급을 가지고 있을 수가 없었다.

그리고 과장이 직원을 뽑을 수가 있다는 것은 상당한 의미를 가진다.

철우는 그렇게 자신을 챙겨주는 민성에게 고마움을 느꼈다.

원더풀은 그렇게 새롭게 탄생하기 위해 노력하고 있었다.

　　　　　＊　　　　　＊　　　　　＊

　민성은 제법 긴 시간에 걸쳐 자신이 소개해 주기로 한 김대호에게 어울리는 여성을 찾아내는 데 성공했다.

　그 여자도 나름 커리어 우먼이었기에 대호와 직접 만남을 가지게 해줄 생각이었다.

　남들은 회원을 모집한다고 바쁘게 움직이는데 자신은 그냥 있을 수는 없는 일이었기 때문이다.

　민성도 나름 바쁘게 움직였고 오늘이 대호와 여성분이 만나는 날이 찾아왔다.

　"흠, 지금 나가면 적당하겠네."

　민성은 그렇게 중얼거리며 약속한 장소로 나갔다.

　김대호와 만나기로 한 곳은 운치가 있기로 유명한 카페였다.

　민성은 약속 장소에 도착하여 안으로 들어갔다.

　오늘 김대호와 만나기로 한 여성은 정혜선이라는 여성이었는데 일류대학을 나왔고 나름 집안도 좋은 여성이었다.

　하오문의 정보력을 알게 된 여성은 민성을 만나자 바로 회원으로 가입할 정도로 적극적인 모습을 보여주었다.

　민성이 시계를 보며 아직은 시간이 남았다는 것을 알고 조용히 자리를 잡아서 기다리고 있었다.

가장 먼저 김대호가 나타났다.

"여깁니다, 김대호 씨."

대호는 민성이 손을 흔드는 것을 보고는 입가에 환한 미소를 지으며 갔다.

"안녕하십니까."

"예, 오늘은 아주 잘 차려 입고 나오셨네요."

민성은 김대호가 오늘은 신경을 써서 옷을 입고 나왔다고 칭찬을 해주었다.

사실 대호도 여자를 만나는 자리인 이상 옷에 신경 쓰지 않을 수가 없어 나름 공을 들여 나왔는데 민성이 잘 입었다고 하니 기분이 좋아졌다.

"하하하, 이거 신경 쓰고 입었는데 잘했다는 생각이 드는군요. 이렇게 칭찬을 받으니 기분이 좋습니다."

대호는 민성의 칭찬을 아주 즐겁게 받아들이고 있었다.

이미 만날 여성에 대한 프로필을 받아보았기 때문에 다른 이야기는 하지 않아도 되었다.

"오늘 만나실 여성분에 대해서 아시겠지만 프라이드가 강한 분이시니 잘 대해 주시기 바랍니다."

"하하하, 걱정하지 마세요. 저도 한 매너 하는 남자입니다."

김대호는 여자가 능력을 가지고 있으면 더 좋다고 하였고 자신은 그런 적극적인 여성이 좋다고 해서 이루어진 만남이었다.

김대호는 자신이 약간 머뭇거리는 부분이 있어서 만나는 여자는 그러지 않았으면 해서 그런 부탁을 한 것이다.

둘이 그렇게 대화를 나누는 동안 저쪽에서 걸어오는 여성이 있었다.

키는 백칠십에 가까웠고 옷도 제법 센스있게 입는 것이 멋을 아는 여성 같았다.

가장 중요한 것은 그 여성의 미모가 제법 빛이 나서 김대호의 눈길을 한 번에 사로잡았다는 것이다.

"저기 오시네요. 여깁니다, 혜선 씨!"

민성이 손을 흔들자 혜선은 그런 민성을 발견하고는 입가에 잔잔한 미소를 지으며 다가왔다.

김대호는 그런 혜선을 보고 한눈에 사로잡힌 눈빛을 하고 있었다.

민성은 그런 대호를 보고 속으로 웃음만 나왔다.

'자식이, 엉아만 믿어라. 무슨 일이 있어도 잘되도록 해주마.'

민성은 대호와 혜선을 잘 이어주려고 하였다.

이렇게 만나는 사람들을 잘 연결해 주게 되면 앞으로 원더풀의 명성이 더욱 높아질 것은 자명했다.

모두가 자리에 앉으니 민성이 서로에 대한 간단한 소개를 해주었다.

"두 분 다 프로필을 받아 보셔서 아시겠지만 간단하게 제가 소개를 해드리겠습니다."

민성은 그렇게 두 사람에 대한 소개를 해주었고 프로필로 보는 것과는 다르게 실물을 보는 것이라 그런지 두 사람은 보이저 않게 상대를 보며 나름 판단을 내리고 있었다.

혜선은 대호의 스펙이 마음에 들어 오늘 이 자리에 나온 것이었는데 생각보다는 실물이 마음에 드는지 입가에 보이지 않는 미소를 그리고 있었다.

민성은 그런 혜선의 미소를 보며 이들은 무조건 된다는 생각을 했다.

그러면서 민성은 대호에게 살짝 버프를 걸어주었다.

"지금부터 최고의 남자, 당당하면서 섬세한 남자가 될 겁니다. 잘할 수 있을 겁니다, 대호 씨."

'버프.'

이런 자리에서는 무조건 용기가 있어야 하고 상대를 잘 파악하는 분위기를 읽는 요령이 필요하다.

하지만 아직 대호는 아직도 먼저 말을 걸지도 못하고 있어 민성이 버프를 걸어준 것이다.

대호는 민성의 목소리를 듣고 나자 갑자기 몸에 이상한 힘이 생기고 없던 용기도 절로 생기는 기분이 들었다.

그리고 그 자리에 있는 사람들 모두 눈치채지 못한 사실이지만 묘하게 대호의 모습에서 희미한 빛이 나는 듯했다.

민성은 대호의 얼굴만 보아도 상황을 짐작하기 때문에 이제 자신은 슬슬 피해주어야 할 시간이라는 것을 감지하고 있었다.

"자, 오늘은 두 분 만의 자리인 만큼 저는 그만 자리를 피해드리겠습니다. 아무쪼록 즐거운 시간이 되시기를 바라고, 대호 씨는 아시죠?"

"예, 알겠습니다. 아무튼 고맙습니다. 이렇게 아름다운 분을 소개해 주시고 말입니다."

대호가 용기가 났는지 민성에게 감사의 인사를 하였다.

혜선은 대호가 아주 대놓고 자신을 아름답다고 해주니 기분이 좋았다.

그리고 혜선은 대호가 이렇게 용기가 있는 남자라는 것을 몰랐는데 지금 보니 상당히 눈길이 가는 남자라는 생각이 들었다.

민성은 버프 덕분에 대호가 아주 당차게 말을 하는 것을 보고는 미소를 지으며 자리를 피해주었다.

이런 좋은 분위기에 자신이 남아 있으면 오히려 방해하는 것이기 때문에 지금은 둘만의 자리를 만들어 주는 것이 더 좋은 결과가 나올 것이라 믿었다.

"그럼, 즐거운 시간이 되시기를 바랍니다."

민성은 일어서면서 정중하게 인사를 하였고 두 사람도 그런 민성에게 가볍게 인사를 했다.

"나중에 연락을 드릴게요."

혜선은 민성에게 데이트의 결과를 보고 하겠다는 말을 하였다.

"예, 좋은 소식 기다리겠습니다. 혜선 씨."

민성은 그렇게 인사를 하고는 조용히 사라졌다.

남아 있는 둘은 조금은 어색하지만 대호가 그런 어색함을 없애기 위해 열심히 이야기를 하기도 하고 상황에 맞추어 여러 가지를 맞추어 나갔다.

어디서 용기가 생겼는지는 모르지만 지금 대호는 혜선을 위해 최선을 다하는 모습을 보여주고 있었고 그런 행동에 혜선도 대호를 호감있게 바라보고 있었다.

"혜선 씨, 좋아하는 것이 있습니까?"

"좋아하는 것은 어떤 의미로 하시는 건가요?"

"예, 그냥 여기에 있기에는 시간이 좀 아쉽지 않나 싶어서요. 혹시 영화를 좋아하시거나 아니면 다른 것도 상관이 없으니 말씀만 하십시오. 오늘 제가 책임지고 모시겠습니다. 오늘은 그저 마당쇠 한 명 생겼다고 생각하시고 사정없이 부려 주시기 바랍니다."

대호의 한마디에 혜선은 바로 웃음이 터지고 말았다.

"네? 마당쇠요? 호호호, 대호 씨도 참. 빵 터졌네요."

"혜선 씨만 웃으실 수 있다면 이런 이야기는 자주 하겠습니다. 이놈을 믿어주세요."

"호호호, 그래요. 오늘은 믿어 드리겠어요."

혜선은 처음 만나는 사람인데 이렇게 호감이 가는 남자는 대호가 처음이었다.

혜선 같은 경우에는 많은 남자들과 선을 보기도 하였지만 전부 자신과 만나면 기가 죽어 대화를 리드하지 못하는 남자들이 대부분이었다.

하지만 대호는 다른 남자들과 달랐다.

처음부터 호감이 가고 관심이 가며 인상적이었다.

그런 대호의 모습에서 묘한 후광이 느껴지는 듯이 느끼는 혜선이었다.

혜선이 원하는 남자는 바로 이런 남자였기 때문이다.

사회에서 경쟁하며 강인한 모습만을 보이며 살아온 혜선이었지만, 남자가 그런 자신을 리드해 주기를 은근히 바라고 있었기 때문이다.

그러니 남자와 만나도 결과가 좋지 않았는데 오늘은 원하는 남자를 만난 것 같아 혜선의 기분은 지금 최고로 좋아지고 있었다.

대호는 버프의 능력을 사정없이 이끌어 내고 있었고, 그 덕분에 혜선은 정말 즐거운 시간을 보낼 수가 있었다.

*　　　*　　　*

민성은 둘과 헤어지고 바로 사무실로 돌아왔다.

그런데 사무실의 분위기가 조금 이상함을 느꼈다.

"무슨 일이야?"

민성의 질문에 철우가 가장 먼저 이야기했다.

"그게 회원을 모집하는 과정에서 이상한 이야기가 돌기 시작하고 있다는 소문이 있어."

"소문이 돈다고? 무슨 소문이?"

"우리 원더풀이 사기를 치기 위해 만들어진 회사라는 소문."

민성은 갑자기 사기라는 말을 듣게 되자 묘한 눈빛을 하였다.

"그러니까, 우리가 사기를 치기 위해 회원들을 모집하고 있다는 이야기네?"

"그렇게 들었어."

“그런 소문은 걱정하지 말고 그냥 회원을 모집하라고 해. 우리는 절대 사기를 치려고 하는 것도 아니니 말이야.”

“하지만 이대로 가면 더욱 좋지 않은 결과가 나올 수도 있는데 그냥 하라고?”

철우는 이런 정보회사에 가장 좋지 않은 일이 바로 이런 악소문이라는 것을 알고 있기에 하는 소리였다.

회사의 이미지에 상당한 타격을 주는 이런 소문 때문에 문을 닫는 회사가 많았기 때문이다.

민성은 철우가 걱정하는 부분이 어떤 것인지를 알았지만 크게 우려하지 않았다.

그런 소문 정도는 바로 정리할 수가 있었기 때문이다.

“걱정하지 마. 내가 알아서 처리를 할게.”

민성은 그렇게 말을 하고는 자신의 사무실로 들어갔다.

민성이 방 안으로 들어가는 것을 보고 있는 철우는 그래도 불안하기만 했다.

이제 시작하는 회사의 입장에서는 그런 소문은 상당히 마이너스가 되기 때문이었다.

지금 회원을 모집하고 있는 다섯 명의 남자도 그런 소문의 영향 때문인지 전과는 다르게 실적이 조금씩 줄고 있는 실정이었다.

민성은 사무실로 들어와서 바로 하오문에 연락을 하였다.

“예, 고문님.”

“지금 우리 회사에 나쁜 소문이 퍼지고 있다고 하는데 어찌 된 거예요?”

민성의 목소리가 조금 날카롭게 변하자 지부장은 바짝 긴장한 얼굴을 한 채 대답했다.

“저희도 조사를 하고 있는데 그 실체가 아직 드러나질 않아서 조금만 시간을 주시면 바로 보고를 드리겠습니다.”

“실체가 보이지 않는다는 말은 누군가의 음모라는 말인가요?”

“그렇게 보입니다. 개인적으로 이종철이 개입된 것 같습니다.”

“아니, 이종철이 아직도 그런 짓을 하고 있다는 이야기입니까?”

“아직 확실하지는 않지만 그렇게 보입니다.”

“그러면 하오문의 모든 정보력을 이용하여 이종철과 관련이 있는 이들에게 바로 타격을 주도록 하세요. 놈들에게 뜨거운 맛이 어떤 것인지를 보여주어야 합니다.”

이종철이 비록 정치인이 있는 집안이었지만 하오문의 힘과는 비교가 되지 않았기에 하는 소리였다.

민성이 정치나 재벌들과 연관이 되기를 싫어서 그렇지 만약에 민성이 그런 일에 적극적으로 개입하게 되면 지금의 상황이 상당히 달라질 수도 있었다.

하지만 민성은 그런 짓을 하고 싶지가 않았다.

민성의 목표는 한국 그룹이었지만 한국 그룹의 전체를 상대로 하는 것은 아니었다.

한국 그룹이 대한민국에 가지고 있는 그 영향력을 무시하지는 않았기 때문이다.

만약에 한국 그룹이 부도가 나면 그에 속해 있는 엄청난 인원들이 모두 굶어 죽게 생기는데 민성은 그런 일을 하고 싶지는 않았다.

다만, 그 일가에 대해서는 무슨 일이 있어도 절대 용서하고 싶지 않았고 자신은 당당하게 그들을 상대하고 싶었다.

그리고 민성이 가장 변한 것이 있는데 바로 이제부터는 자신을 건드리는 인물에 대해서는 철저하게 추적하여 모든 것을 잃게 하겠다는 냉혹함이었다.

그렇게 결국 파산하게 만들어서 두 번 다시는 재기할 수 없도록 만들 마음을 먹고 있다는 것이다.

냉정하게 변한 민성이었기에 적이라고 판단이 들면 절대 용서하지 않았고 끝까지 추적하여 밑바닥까지 떨어뜨릴 생각에 있는 그였다.

"알겠습니다. 그러면 상대편에 이들의 비리에 대한 것을 보내도록 하겠습니다."

"그렇게 하세요. 이종철 때문에 집안이 풍비박산이 나면 과연 어떻게 대할지가 궁금하군요. 그리고 이종철이 음모를 꾸미는 것을 최대한 빨리 찾아서 경찰에 신고를 하세요."

"예, 고문님."

민성과 통화를 마친 지부장은 고문인 민성이 상당히 냉정하게 일을 처리한다는 것을 알게 되자 문주가 왜 모든 지원을 하라고 하였는지를 이해가 갔다.

엄청난 무공 실력을 가지고 있다는 이야기는 이미 들었지만 상황 판단의 예민함도 함께 존재하는 남자였으니 말이다.

CHAPTER
11

이종철의 몰락

　민성의 지시로 하오문은 빠르게 움직이기 시작했는데 바로 이종철의 일가에 대한 공격이었다.

　하오문은 모든 정보력을 동원하여 이들이 저지른 비리를 알아내서 상대측에 알려주었고 인터넷을 이용하여 이들의 비리를 흘리기 시작했다.

　이종철 일가는 갑자기 자신들이 저지른 비리가 세상에 알려지기 시작하자 비상에 걸렸다.

　"아니, 이게 어떻게 세상에 알려지게 된 거야?"

“저도 잘 모르겠습니다. 우리가 저지른 일이기는 하지만 아는 인물이 없는데 이 사실이 어떻게 알려지게 된 건지 모르겠습니다.”

“누군지 찾아내고 지금 일을 빨리 수습해.”

“알겠습니다. 지금 조사를 하고 있으니 바로 알아낼 수가 있을 겁니다.”

이종철의 아버지인 이성수는 삼선의 의원이었다.

나름 여당의 실세가 되어 있어서 상당한 파워를 가지고 있었다.

이종철의 집안이 공격을 당하고 있을 때, 하오문의 정보망에 이종철이 은밀하게 소문을 내라고 지시를 받아 음모를 꾸미던 일당들이 걸려들었다.

“당장 잡아들여. 고문님이 이번 사건에 상당히 신경을 쓰시고 계신다.”

“예, 알겠습니다.”

한국 지부에 있는 인물들도 나름 무공을 익히고 있었기 때문에 일개 건달들 정도는 충분히 상대할 무력을 가지고 있었다.

민성의 회사에 요상한 소문을 퍼뜨리고 있던 일당들이 모두 하오문의 신속한 움직임에 걸렸고 모두 잡을 수가 있었다.

민성은 지부장이 직접 연락해서 이들을 잡았다는 보고를 받고 지금 그쪽으로 이동을 하고 있는 중이었다.

민성은 놈들에게 알아볼 것이 있어서 직접 그 이야기를 듣기 위해 가는 중이었다.

하오문의 지부에는 민성이 직접 온다는 이야기에 빠르게 민성을 맞이할 준비를 하고 있었다.

"고문님이 오시니 최대한 깨끗하게 보이도록 해라."

"예, 지부장님."

총본에서도 인정을 받은 민성이었기에 지부장이 이렇게 신경 쓰고 있었다.

이들이 청소하고 준비를 마치고 조금의 시간이 흐르자 민성이 도착했다.

"어서 오십시오, 고문님."

"수고하십니다. 그래, 놈들은 어디에 있습니까?"

"제가 안내를 해드리겠습니다."

민성은 지부장의 안내로 놈들이 있는 곳으로 가게 되었다.

지하에 있는 곳은 완전한 방음이 되는 곳이었고 어떤 용도로 사용하는지는 모르지만 분위기가 음침한 것이 사람을 상당히 불안하게 만들게 하는 곳이었다.

"여기입니다."

끼이익!

문이 열리는 소리가 마치 비명을 지르는 것처럼 느껴졌다.

민성은 그런 것에는 일체 신경을 쓰지 않고 열려진 문 안을 보고 있었다.

그 안에는 모두 세 명의 남자가 포박된 채 의자에 앉아 있었다.

민성은 그들을 보며 천천히 안으로 들어갔다.

남자들은 민성이 들어오자 바로 악을 쓰기 시작했다.

"왜 우리를 잡아왔는지는 모르지만 우리를 빨리 풀어주어야 할 것이다. 그렇지 않으면 너희는 무사하지 못할 거다."

이들은 이종철이 상당한 권력을 가지고 있다는 사실을 알기에 이종철의 지시를 받아 일을 처리하고 있었다.

그만큼 돈도 벌고 일도 편하기 때문이었다.

과거, 경찰에 잡혀도 이종철이 다시 힘을 쓰니 바로 풀려나는 경험을 해본 그들이다.

그 뒤로는 이종철의 말을 맹신하게 되어 무슨 짓을 하라고 지시해도 이들은 따랐다.

민성은 놈들이 떠드는 소리는 신경도 쓰지 않았다.

"너희들이 원더풀에 대한 이상한 소문을 퍼뜨린 놈들이냐?"

민성의 음성에는 차가운 살기를 담아 하는 소리였기에 지부장도 등골에 식은땀이 흐를 정도였다.

남자 세 명은 민성의 음성을 듣는 순간에 자신들은 죽을 수도 있다는 생각이 들었다.

그만큼 민성의 음성에는 차갑고 공포심을 유도하고 있었기 때문이다.

"누… 구시오?"

"너희가 음모를 꾸미고 있는 원더풀의 사장이다. 감히 내가 운영하는 회사에 그런 더러운 음모를 꾸미고도 살아남을 생각을 했나?"

민성은 더욱 강한 살기를 풀었고 남자 세 명은 공포에 눈동자가 풀리기 시작했다.

이들이 아무리 양아치 같은 생활을 하기는 했지만 이렇게 강한 살기를 겪어본 적은 없었다.

결국 그들은 눈동자가 풀렸고, 입가로는 침이 흘러내리기 시작했다.

지부장은 민성이 기세만 가지고도 놈들에게 공포심을 줄 수 있다는 사실에 지금 상당히 놀라고 있었다.

저런 기세라면 절대 고수라는 소리를 들을 수 있을 정도였기 때문이다.

'고문님의 실력은 우리가 생각하는 이상으로 강하신 분이시구나. 절대 실수하지 말아야겠어.'

하오문의 문주가 직접 챙겨주는 이유가 이런 것 때문이라

는 생각이 들자 지부장은 민성의 지시를 충실히 따라야겠다
는 생각을 하게 되었다.

무인은 강한 자에게 약하기 때문에 지부장은 지금 민성의
무력을 일부 보고 있는 것만으로도 절로 위축이 되고 있었다.

"우… 우리는 시키는 대로 한 것뿐입니다. 살려주세요."

"누구의 지시로 한 짓이냐?"

"이종철이라는 자가 시킨 것입니다."

민성은 놈들에게 이종철이 어떻게 지시를 내린 것인지 대
해 자세히 물었고 민성의 질문에 이들은 거짓없이 모든 것을
털어놓았다.

민성은 이들과 대화하면서 이종철이라는 놈이 정말 쓰레
기와 같은 존재라는 생각이 들었다.

"감히 그딴 쓰레기 같은 놈이 나를 건드린다는 말이지."

민성이 화가 나자 갑자기 폭풍 같은 기세가 뿜어졌다.

"으으윽!"

"고문… 님……. 그만하십시오."

하오문의 지부장은 민성의 기세에 저항을 하지 못하고 신
음을 흘리면서 겨우 말을 했다.

민성은 하오문의 지부장의 목소리를 듣고는 황급히 자신
의 기세를 거두어들였다.

"미안하오. 갑자기 너무도 화가 나서 나도 참지 못한 것

같소."

　민성의 말에 지부장은 고문님이 화가 나면 정말 엄청나다는 것을 알게 되었다.

　이거는 예상보다도 더 강한 사람이라는 것을 알게 되어 지부장도 놀라고 있었다.

　"아닙니다, 고문님."

　"놈들에게 들을 이야기는 모두 들었으니 당분간만 이들을 데리고 있으세요."

　"예, 알겠습니다. 고문님."

　민성은 그렇게 지시하고는 바로 자리를 떴다.

　민성이 가고 없었지만 지부장은 방금 전에 기세를 생각하며 오금이 저리는 기분이 들었다.

　만약에 저렇게 강한 분이 화를 내면 누가 감당할 수 있는지를 생각하니 그냥 절로 고개를 흔들고 말았다.

　민성은 이종철의 범죄를 모두 들었지만 놈들을 이용하여 이종철의 죄를 추궁하기에는 부족한 것들이 많았기에 직접 조사할 생각이었다.

　이미 놈들이 한 음성은 모두 녹음한 상태였기 때문이다.

　"이종철, 감히 나를 건드렸으니 너도 기대해라."

　민성이 차가운 음성으로 말하고 있었다.

　민성이 다시 사무실로 돌아오니 철우는 심각한 목소리로

보고하였다.

"우선 그동안 가입한 회원들은 문제가 없는데 지금 가입하려고 하는 회원들이 자꾸 줄고 있어. 아마도 소문 때문에 그러는 것 같아."

"그 문제는 걱정하지 않아도 해결될 거야. 그리고 소문에 연연하지 말고 일하라고 해줘. 내가 알아서 처리할 테니 말이야."

"알았어. 그래도 신경을 쓰이네."

"나도 최대한 빨리 처리하려고 하고 있으니 조금만 기다려봐."

민성은 사무실에서 철우에게 걱정하지 말라고 하였다.

원더풀은 이제 시작하는 신생 회사이기는 하지만 그 회원들이 막강한 힘을 가지고 있었다.

그렇게 조금씩 명성을 쌓아가고 있는 중이었는데 이런 소문이 나서 잠시 주춤거리고 있었다.

하지만 민성은 그런 것은 신경을 쓰지 않았다.

충분히 해결할 수가 있다는 자신감 때문이었다.

그리고 민성이 직접 관여하여 이어진 커플이 주변에 있는 사람들에게 좋은 소문을 내주고 있어서 아직은 좋은 이미지가 더 많았다.

하오문에서는 지속적으로 이종철의 일가의 비리를 야당의

의원들에게 제공하고 있었다.

물론 인터넷을 이용하는 것도 계속해서 이어나갔다.

그렇게 되자 여론이 시끄럽게 변하기 시작했고 이는 종철의 일가에서 처리할 수가 없을 지경까지 되어버렸다.

여당의 입장에서는 자신의 당에 속해 있는 의원이 비리를 저지르고 있다는 여론이 나오게 되자 그냥 있을 수 없게 되었다.

게다가 그 정보가 너무도 명확해서 막아낼 수가 없었기 때문이다.

결국 여당의 총수는 여론을 의식해 이종철의 일가에 대한 제제를 하게 되었다.

"이 의원, 솔직히 이제는 더 이상 우리도 감출 수는 없게 되었소. 검찰의 조사에 응하고 죄를 줄이는 것을 갑시다."

"아니, 제가 그동안 당에 얼마나 많은 지원을 하였는데 저에게 이럴 수가 있는 겁니까?"

"솔직히 지금 상황을 보고 하는 이야기요?"

총수의 말에 대답할 수 없는 것은 사실이었다.

하지만 여기서 물러서면 자신의 집안은 풍비박살이 날 것이기 때문에 어쩔 수 없었다.

"제가 가면 절대 혼자 가지는 않을 겁니다. 두고 보십시오."

지금은 자신이 궁지에 몰려 있으니 강하게 나가지 않을 수가 없었고, 결국 돌아올 수 없는 강을 건너고 말았다.

이종철의 집안은 갑자기 출처를 알 수 없는 정보 때문에 무너지기 시작한 것이다.

이종철은 집안이 무너지는 것에 답답하기만 해서 오늘은 술을 한잔하기 위해 나와 있었다.

민성은 이종철이 움직임을 주시하고 있다가 놈이 나온 것을 보고 바로 놈에게 다가갔다.

“이종철 맞나?”

“누구야?”

이종철은 지금 기분이 상당히 나빠 있는 상태였기에 상대가 누군지를 확인도 하지 않고 바로 화를 냈다.

“내가 누군지 궁금하면 나를 따라가면 된다. 가지 않겠다는 소리는 하지 않는 게 좋으니 그냥 가자.”

민성의 말에 이종철은 급히 주변을 살폈다.

주변에는 아무도 없는 길이었기 때문에 누구의 도움을 받을 수 없는 상황이었다.

민성도 이런 것을 노리고 이종철이 혼자 있기를 기다리고 있었기 때문이다.

민성은 이종철이 눈동자를 굴리는 것을 보고 놈이 지금 피하기 위해 잔머리를 굴린다는 것을 알았다.

하지만 자신의 눈에서 벗어난다는 것은 절대 있을 수가 없는 일이었고 시간이 아깝다는 생각에 바로 놈을 제압했다.

쉬이익!

"으윽!"

민성이 이종철의 혈을 바로 제압하여 놈이 움직이지 못하고 하고는 바로 차에 태워 이동하였다.

하오문에 있는 놈들이 있는 곳으로 이동을 하는 중이었다.

지하의 방에는 민성에 의해 정신을 차리지 못하는 세 명의 남자가 있었고 이종철은 지금 자신이 왜 끌려오는지를 몰랐는데 눈앞에 세 명의 남자를 보고는 바로 이해가 갔다.

'저놈들이 발설했구나.'

이종철은 말하지는 못하지만 생각은 할 수가 있었기에 지금 자신이 왜 여기로 끌려왔는지를 알게 되었다.

그리고 자신이 지금 상당히 위험한 상황에 처했다는 것을 알았다.

'무슨 좋은 방법이 없을까?'

이종철은 마지막까지 자신이 피해갈 수가 있는 길을 찾고 있었다.

이런 끈질김이 이종철에게 있었기에 그동안 다섯 명의 남자에게 그런 행패를 부리고 있었던 것이다.

민성은 이종철의 눈빛만 보아도 놈이 무슨 생각을 하는지를 눈치채고 있었다.

"저들이 누구인지는 말하지 않아도 알겠지?"

민성은 질문을 하면서 이종철의 아혈을 풀어주었다.

"누구인데 나를 이리로 데리고 온 것이냐?"

종철은 말할 수가 있게 되자 바로 입을 열었다.

민성은 종철의 말을 듣고는 바로 종철을 구타하기 시작했다.

다른 말은 하지 않고 그저 묵묵히 두들겨 패기만 하였다.

퍼퍼퍼퍽

"으아아악!"

퍼퍼퍼퍽!

"아아악! 그, 그만! 그만……!"

종철은 구타에 이기지 못하고 그만 때리라는 말만 반복했다.

민성은 이 정도면 놈이 말을 할 것이라고 생각하고 다시 입을 열었다.

"원더풀에 음모를 펼치는 이유가 무엇이냐?"

민성의 질문에 종철은 이미 상대가 모든 것을 알고 이야기한다는 사실을 알았다.

"원더풀에 음모를 꾸미려고 한 것이 아니라 그곳에 내가 아주 싫어하는 인물들이 들어가서 음모를 꾸미게 된 것입니다. 다른 뜻은 없었습니다.”

“왜 그 사람들을 그렇게 싫어하는 거지?”

종철은 이미 시작한 이야기라 그런지 민성의 질문에 사실대로 이야기하기 시작했다.

종철의 이야기를 들으니 놈은 어린 시절부터 아버지의 엄격함에 교육 받고 자라기는 했지만 그런 엄격함이 종철의 성격을 이상하게 변하게 하였다고 한다.

그래서 남에게 군림을 하는 것이 종철에게는 당연한 일이라고 생각하게 되었고 자신이 가지지 못하는 것은 무슨 짓을 해서라도 가져야 한다고 배워온 것.

그래서 김현우와 악연이 시작이 되었고 처음으로 사랑이라는 것을 느낀 종철은 그 여자에게 모든 것을 주려고 하였다.

하지만 그녀는 현우를 사랑한다고 하며 매정하게 떠나 버렸을 뿐이다.

종철은 그런 여자에 대한 복수를 김현우와 그 일당에게 하게 된 것이다.

문제는 처음 한 번만 하려고 하였는데 하다 보니 재미가 붙었다는 것이 문제였다.

남을 괴롭히는 일이 생각보다는 종철에게 즐거움을 주게

되어 그 후로도 계속해서 이들을 괴롭히는 재미로 살아가고 있었다는 것이다.

민성은 종철의 이야기를 들으면서 정말 어이가 없는 놈이라는 생각이 들었다.

이런 자식이 세상을 살아간다는 은 민성이 보기에 문제가 많아 보였다.

"결국 너의 재미를 위해 남을 희생하고 있었다는 이야기네."

"정말 원더풀에 피해를 입히려고 한 짓은 아니었습니다. 만약에 피해가 있다면 제가 보상을 해주겠습니다. 제발 살려주세요."

이종철은 자신이 살기 위해서는 무슨 짓이라고 할 수 있는 그런 인물이었다.

민성은 이종철을 보며 이런 놈을 그냥 두는 것이 좋을 지를 생각하였다.

그래도 살인을 하는 것은 아니라는 생각에 종철에게 약간의 제재만 하고 돌려보내기로 내심 결정하고 있었다.

민성은 아무런 말도 하지 않고 종철을 그냥 두고 밖으로 나가 버렸다.

그런 민성에게 살려달라고 고함을 치는 종철의 음성에는 처절함이 실려 있었다.

남의 목숨은 생각하지 않으면서 자신의 목숨은 중요하게 생각하는 놈이 바로 이종철이었다.

물론 이종철과 같은 사람이 없다는 것은 아니었다.

세상에는 그런 인간들이 너무 많다는 것이 문제이지 않겠는가 말이다.

민성은 당분간 종철을 그렇게 가두어 두고 종철의 일가에 일어나는 것을 보고 풀어줄 생각을 했다.

놈의 집안에 박살이 나면 아마도 전과는 다르게 살 수밖에 없을 것이기 때문이다.

민성은 대강 정리를 하고 사무실로 돌아왔는데 철우가 그런 민성을 기다리고 있었다.

"실장님, 오셨습니까."

철우가 정중하게 말을 하는 것을 보니 누군가가 있다는 말이었다.

"누가 저를 찾아왔나요?"

"예, 안에 계시니 들어가 보십시오."

민성은 철우의 말에 사무실로 바로 들어갔다.

그 안에는 자신을 기다리는 두 인물이 있었는데 바로 김대호와 혜선이었다.

"아니, 두 분이 이렇게 저를 찾으시고 어쩐 일이십니까?"

민성은 반가운 음성으로 두 사람에게 인사를 해왔다.

"하하하, 이거 정 실장님을 뵙기가 이렇게 힘이 드는지 몰랐습니다. 역시 인기가 많은 분이라 그런지 매우 바쁘시네요."

"호호호, 그러게요."

"하하하, 바빠야 저희 같은 사람들을 먹고살지요. 그런데 진짜 무슨 일이십니까?"

민성은 두 사람이 함께 사무실로 왔기에 궁금해서 물은 것이다.

대호와 혜선은 그런 민성의 질문에 얼굴을 붉히고 있었다.

약간의 시간이 지나자 김대호가 입을 열었다.

"사실은 실장님에게 감사의 인사를 하려고 왔습니다."

"감사의 인사라니요?"

"저희 올해 안에 결혼하게 되었습니다. 실장님."

두 사람은 만난 지 얼마 되지는 않았지만 이상하게 서로에게 끌리는 마음이라 하루라도 보지 않으면 마음이 불안해서 결국 결혼하는 것으로 결정을 내리게 되었던 것.

그리고 혜선을 데리고 집으로 들어가 소개했을 때 아버지는 그런 자신의 아들의 의견을 결국 받아들였다.

그래서 자신들을 이렇게 만나게 해준 정민성에게 감사인사는 해야 한다는 생각에 이렇게 찾아오게 된 것이다.

獨步行
독보행
임영기 新무협 판타지 소설
FANTASTIC ORIENTAL HEROES

그날, 심산유곡에서 수련하던
한 명의 소년이 강호로 내려왔다.

모든 이가 소년을 비웃고,
모든 무사가 그를 깔봤다.

소년은 흔들리지 않는다.
"이 천하를 독보(獨步)하리라!"

한번 시작한 걸음, 결코 멈추지 않으리라.
천하여! 무림이여!
대무영(大武英)이 간다!

Book Publishing CHUNGEORAM
www.chungeoram.com

무정철협

「두령」, 「사마쌍협」, 「장홍관일」의 작가 월인
2013년 벽두를 여는 신무협이 온다!

삭초제근(削草制根)!
일단 손을 쓰면 뿌리까지 뽑아버렸다.

무정(無情)!
검을 들면 더 이상 정을 논하지 않았다.

그래서 나는 무정철협이 되었다.

진정한 협(俠)을 아는가!
여기 철혈의 사내 이한성이 있다!

「무정철협」

월인 新무협 판타지 소설

FANTASTIC ORIENTAL HEROES

까불지마!

FUSION FANTASTIC STORY

무람 장편 소설

『태클 걸지 마!』 의 무람 작가가
풀어내는 신개념 현대판타지 소설!

24살의 대한민국 청년, 강태영
타고난 병으로 인해 온몸의 근육이 힘을 잃어가는 그가 부모마저 잃었다!

"제기랄! 이 빌어먹을 몸뚱이!"

좌절하여 모든 걸 포기하려던 바로 그날.

꽈르르릉! 번쩍!
강태영을 향해 떨어진 푸른 날벼락.
그리고 그가 눈을 떴을 때
그를 기다리고 있는 것은……

날 비참하게 만들던 세상이여
더 이상 까불지 마라!

알케미스트

2013년, 또 하나의 현대물이 깨어난다.
현대에서 펼쳐지는 연금마법진의 진수

인간 최초의 9서클을 이룩한 마법사 아스란.
죽음의 위기에서 그가 남긴 유지가
차원을 넘어 지구에 떨어진다.

일리미트 비블리어시카(Illimite bibliotheca)!

그 무한한 힘과 지식을 얻게 된 김창준.
3년 전으로 돌아간 날을 기점으로,
삶이, 인생이, 그의 희망이 바뀐다!

**현대에 강림한 진정한 마법사의 전설!
끝도 없이 세상을 향해 날개를 펼치다!**

Book Publishing CHUNGEORAM

유행이 아닌 자유추구 -
WWW.chungeoram.com